光文社文庫

文庫書下ろし／長編時代小説

独り立ち

吉原裏同心㊲

佐伯泰英

光　文　社

この作品は光文社文庫のために書下ろされました。

目次

新吉原廓内図

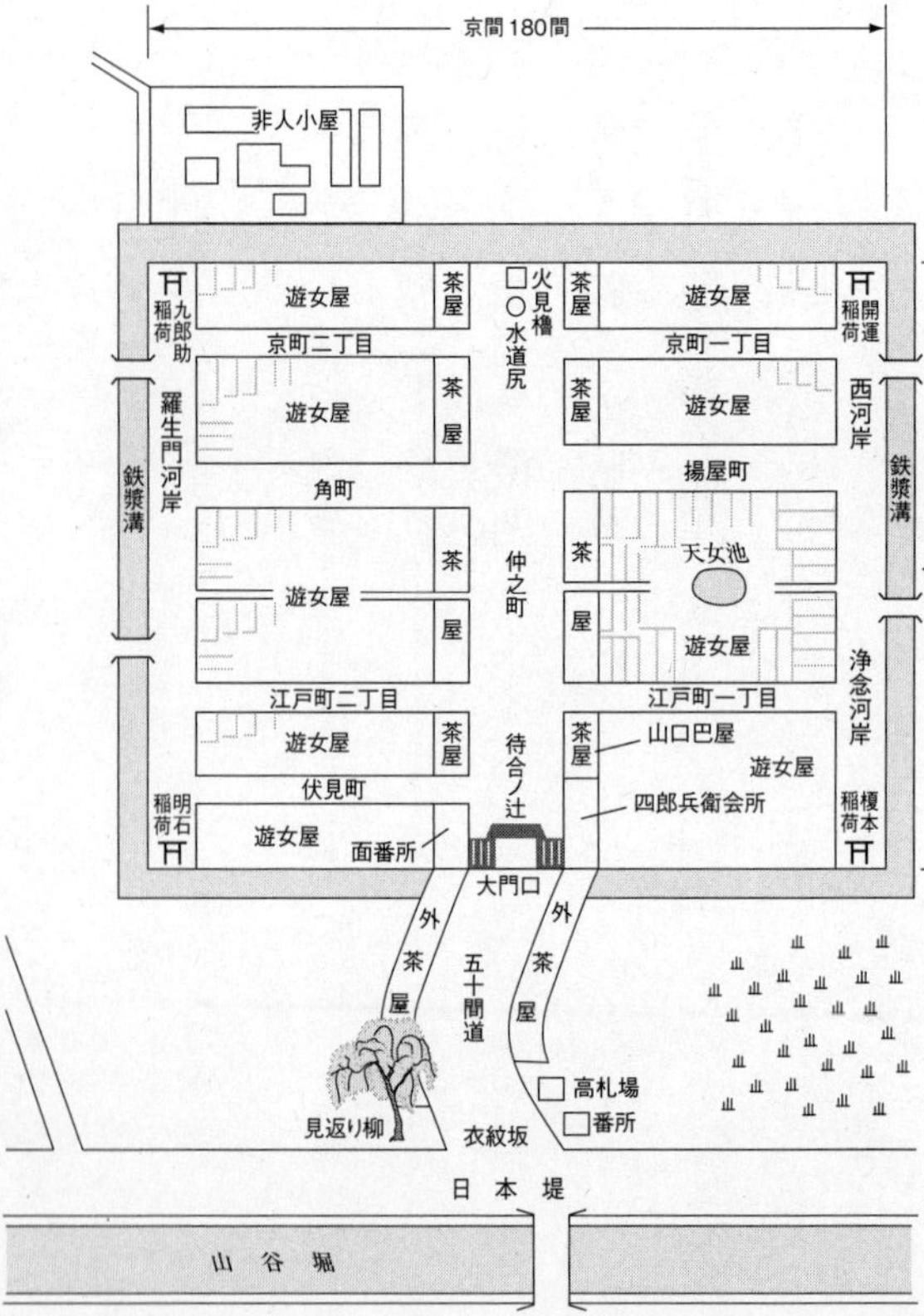
京間180間
非人小屋
遊女屋
茶屋
火見櫓
水道尻
九郎助稲荷
開運稲荷
京町二丁目
京町一丁目
羅生門河岸
西河岸
鉄漿溝
揚屋町
角町
天女池
仲之町
京間135間
江戸町二丁目
江戸町一丁目
浄念河岸
山口巴屋
待合ノ辻
伏見町
四郎兵衛会所
明石稲荷
榎本稲荷
面番所
大門口
外茶屋
五十間道
高札場
番所
見返り柳
衣紋坂
日本堤
山谷堀

北
東
南
西
鐘ヶ淵
大橋
隅田村
千住道
小塚原
隅田川
三河島
田端
日暮里
駒込
谷中
日本堤
金杉上町
新吉原
今戸町
山谷堀
今戸橋
千駄木
白山
下谷
東叡山寛永寺
鷲神社
浅草寺
浅草花川戸町
御薬園
根津権現
本郷
小石川
中堂
卍幡随院
広徳寺
阿部川町
東本願寺
吾妻橋
竹町ノ渡
伝通院
不忍池
新堀川
田原町
三間町
駒形堂
並木町
菊坂町
池之端仲町
下谷広小路
御徒町
蔵前
湯島天神
水戸徳川家
春日町
牛込
森田町
御米蔵
神田明神
外神田
向柳原
天王町
神田川
牛込御門
小石川御門
水道橋
浅草橋
柳橋
神楽坂
御竹蔵
昌平橋
筋違御門
和泉橋
柳原土手
両国広小路
本所
番町
内神田
回向院
田安御門
俎板橋
雉子橋御門
一ツ橋御門
馬喰町
両国橋
市谷
竪川
市谷御門
清水御門
神田橋御門
小伝馬町
今川橋
日本橋
常盤橋御門
新大橋
北町奉行所
室町
小名木川
麹町
江戸城
江戸橋
仙台堀
深川
半蔵御門
呉服橋御門
日本橋
南茅場町
材木町
西之御丸
南町奉行所
鍛冶橋御門
組屋敷
八丁堀
永代橋
京橋
富岡八幡宮
霊岸島
桜田御門
永田町
赤坂御門
石川島
数寄屋橋御門
越中島調練場
山王日枝神社
西本願寺
新橋
築地
佃島
溜池
幸橋御門
汐留橋

『独り立ち』主な登場人物

神守幹次郎

豊後岡藩の馬廻り役だったが、幼馴染で納戸頭の妻になった汀女とともに逐電の後、江戸へ。吉原会所の七代目頭取・四郎兵衛と出会い、剣の腕と人柄を見込まれ、「吉原裏同心」となる。薩摩示現流と眼志流居合の遣い手。

汀女

幹次郎の妻女。豊後岡藩の納戸頭との理不尽な婚姻に苦しんでいたが、幹次郎と逐電、長い流浪の末、吉原へ流れつく。遊女たちの手習いの師匠を務め、また浅草の料理茶屋「山口巴屋」の商いを任されている。

加門 麻

元は薄墨太夫として吉原で人気絶頂の花魁だった。吉原炎上の際に幹次郎に助け出され、その後、幹次郎のことを思い続けている。幹次郎の妻・汀女とは姉妹のように親しく、先代伊勢亀半右衛門の遺言で落籍された後、幹次郎と汀女の「柘榴の家」に身を寄せる。

四郎兵衛(故人)

吉原会所の七代目頭取。吉原の奉行ともいうべき存在で、江戸幕府の許しを得た「御免色里」を司っていたが、吉原を守る闘いの最中、敵の手に落ち落命した。

三浦屋四郎左衛門(八代目)

吉原五丁町の総名主にして、故・四郎兵衛の盟友。四郎兵衛亡き後、会所の仮頭取を務める。

伊勢亀半右衛門(八代目)

浅草蔵前の札差を束ねる筆頭行司。幹次郎が後見を務める。

仙右衛門

吉原会所の番方。七代目四郎兵衛の右腕であった。幹次郎の信頼する友。

桑平市松

南町奉行所定町廻り同心。幹次郎とともに数々の事件を解決してきた。

身代わりの左吉

罪を犯した者の身代わりで牢に入る稼業を生業とする。裏社会に顔の利く幹次郎の友。

嶋村澄乃
亡き父と七代目四郎兵衛との縁を頼り、吉原にやってきた。若き女裏同心。

新之助
水道尻にある火の番小屋の番太。澄乃と協力し、吉原の治安を守る。

玉藻
七代目四郎兵衛の娘。仲之町の引手茶屋「山口巴屋」の女将。

村崎季光
南町奉行所隠密廻り同心。吉原にある面番所に詰めている。

太田資愛
遠江掛川藩主。京都所司代を務めた後、老中に就任。かつて吉原で薄墨太夫（現在の加門麻）の贔屓でもあった。

松平定信
老中首座。吉原とは時に協力する間柄。幹次郎と汀女に信頼を寄せる。

喜扇楼正右衛門
京町二丁目の町名主。

相模屋伸之助
江戸町二丁目の町名主。

壱刻楼蓑助
伏見町の町名主。

常陸屋久六
揚屋町の町名主。

花霞豊之助
江戸町一丁目の新しい町名主。

五木楼幾太郎
角町の新しい町名主。

独り立ち——吉原裏同心（37）

第一章　八代目誕生

一

旧暦五月五日は、端午《たんご》の節句だ。

この日、吉原《よしわら》では遊女を始め、振袖新造《ふりそでしんぞう》、禿《かむろ》から若《わか》い衆《し》に至るまで楼主《ろうしゅ》から仕着せが与えられ、袷《あわせ》を単衣《ひとえ》に衣替えした。

仲之町《なかのちょう》では菖蒲《あやめ》が植えられて、夏景色が醸《かも》し出された。

暮れ六つ（午後六時）前、山谷堀《さんやぼりそば》傍の衣紋坂《えもんざか》から五十間道《ごじっけんみち》へと生ぬるい夕風が吹いてきた。

見返り柳《やなぎ》の前に旅姿の男女が佇《たたず》んだ。男は深編笠《ふかあみがさ》を被《かぶ》り、女は杖《つえ》をつき、真《ま》っ新《さら》な手拭いで吹きながしに顔を隠していた。ふたりは梅の名所の三ノ輪《みのわ》村《むら》、梅《ばい》林寺《りんじ》近くにある寿永寺《じゅえいじ》に墓参《ぼさん》を済ませてこの場に立っていた。その傍《かたわ》らを駕籠《かご》に乗って遊客《ゆうかく》が大門《おおもん》に向かっていき、一見御免色里《ごめんいろざと》の繁盛《はんじょう》を窺《うかが》わせた。

「参ろうか」

「長い旅の終わりでございますね」

と答えた女の口許《くちもと》から手拭いが離れて、真っ白な顔を見せた。

「終わりではあるまい。始まりに過ぎぬ」

と男が言い、女が離れた手拭いを手に取ってふたたび顔を隠した。

大門の方角から清搔《すががき》の爪弾《つまび》きが聞こえてきた。その響きに誘われるように男女は衣紋坂から五十間道に入り、大門を見た。

女は、一年何月ぶりだろうかと、悪《あ》しき思い出と良き記憶が刻《きざ》まれた遊里《ゆうり》の冠木門《かぶきもん》を見上げた。大門前にはふたりが考えていた以上の数の飄客《ひょうかく》や素見《ひやかし》がいた。

そして、男たちの群《む》れの間から待合ノ辻《まちあいのつじ》が見えて、遊女の姿が覗《のぞ》いた。

「本日は紋日《もんび》でございましたか」

「おお、端午の節句か」

「禿たちも真新しいお仕着せでございます」

ふたりは大門の端に寄って廓《くるわ》の中を見た。

そのとき、あっ、という驚きの声が吉原会所《かいしょ》の半纏《はんてん》を着た若い衆から漏れた。

だが、男の鋭《するど》い眼差《まなざ》しがその若い衆、金次《きんじ》を黙らせた。すると、すいっ、と寄ってきた金次が、小声で、

「お帰りなさい」

と応じて、こちらへという風に大門を潜《くぐ》らせると、ふたりを吉原会所に連れ込もうとした。

「こりゃ、てえへんだ」

と別の声がした。

小頭《こがしら》の長吉《ちようきち》だ。そして、ふたりの男女を会所の開いたままの腰高障子《こしだかしようじ》を跨《また》がせて中へと導き、戸を閉ざした。

会所にいた若い衆が旅姿のふたりを見た。だが、一瞬、何者か考えられなかったのか、黙って見ていた。

男が編笠に手をかけたとき、

「神守幹次郎《かみもりみきじろう》様、麻《あさ》様、長《なが》の修業ご苦労にございました」

と女裏同心の嶋村澄乃《しまむらすみの》が落ち着いた声音で労《ねぎら》った。

「ご一統《いつとう》、ただ今戻った」

と応じた男が深編笠を、女が吹きながしを取り、素顔を確かめた若い衆の間からなんともいえぬ安堵《あんど》の吐息《といき》が漏れた。

女はむろん加門《かもん》麻だった。

「おい、奥に知らせねえな」

長吉の声に若い衆が飛んでいき、澄乃が従った。

幹次郎は吉原会所の中を懐《なつ》かしげに見回し、大刀五畿内摂津《ごきないせっつ》津田近江守助直《つだおうみのかみすけなお》を腰から外すと、背の道中嚢《どうちゅうぶくろ》を解いて框《かまち》に置いた。

一方、麻も道中姿の背に負った風呂敷包みを外した。とはいえ、長旅の形《なり》ではなかった。そこへ澄乃ともうひとりの女衆《おんなし》が水を張った洗い桶《おけ》を抱えてきた。

それを麻の前に置いた澄乃が、

「本日は神奈川宿《かながわしゅく》から参られましたか」

と尋《たず》ね、問いに首を振った麻が、

「澄乃さん、ふたつ、墓参りをなしてからこちらに参りました」

とこう答えた。

澄乃は、直《す》ぐに先代の吉原会所の頭取四郎兵衛《とうどりしろべえ》の菩提寺《ぼだいじ》の寿永寺だと気づいたが、もうひとつの墓参りの場所が分からなかった。

それは、札差伊勢亀《ふださしいせき》の七代目の別邸丹頂庵《たんちょうあん》近く、隅田川《すみだがわ》（大川《おおかわ》）が荒川《あらかわ》と名を変える鐘ヶ淵《かねがふち》の毘沙門天《びしゃもんてん》多聞寺《たもんじ》の墓所だった。しかし、吉原会所のだれもが丹頂庵も多聞寺にだれが眠るかも知らなかった。

京の伏見《ふしみ》から三十石船《さんじっこくぶね》にて大坂《おおさか》に下り、摂津の海に碇《いかり》を下ろしていた札差の所有帆船《ほぶね》は、いくつもの灘《なだ》を乗り越えて江戸の内海、佃島沖《つくだじまおき》にて帆を下ろし、碇を入れた。そこに迎えに来ていた伊勢亀の屋根船に乗り換えて大川を遡上《そじょう》し、隅田村《すだむら》の多聞寺と、伊勢亀の隠居の墓に詣《もう》でて、

（京から戻りました）

とふたりは江戸帰府を報告した。

そのあと、伊勢亀八代目の半右衛門《はんえもん》と昼餉《ひるげ》をともにして、空白の一年余の積もる話をした。神守幹次郎は、札差筆頭行司《ひっとうぎょうじ》に就いた半右衛門の後見《こうけん》でもあったのだ。このことを承知なのは死んだ四郎兵衛と三浦屋四郎左衛門《みうらやしろうざえもん》に加え、少数の者だ。昼餉ののち、伊勢亀の船に送られて、三ノ輪村の寿永寺に詣でてきた。

框に腰を下ろした幹次郎と麻は、足の旅塵《りょじん》を洗い、澄乃に差し出された手拭いで足を拭うと馴染《なじみ》の奥座敷、頭取の御用部屋へと向かった。

雪見障子が開けられ坪庭が見える御用部屋には、仮頭取の三浦屋四郎左衛門、

番方《ばんかた》の仙右衛門《せんえもん》、そして、汀女《ていじょ》の三人がいた。ふたりが戻ることを想定して集まったわけではなく、端午の節句ゆえ、顔を揃《そろ》えていたのだろう。

「よう戻られましたな、神守様」

と言った四郎左衛門が自分の席をずらし、こちらへという風に指した。

幹次郎はしばし己の立場を思案した末に仮頭取の傍らに座した。

麻は汀女と見つめ合っていた。それだけで一年余の空白が察せられた。

「麻様の声が聞こえておりました。先代の墓参りに行かれましたか」

「四郎左衛門様、まさか四郎兵衛様のお墓に参るようなことになろうとは夢想もしておりませんでした」

「私どもも同じ考えです。そなたを迎えるのは先代頭取とばかり思うておりました。それが仮とは申せ、妓楼《ぎろう》の主《あるじ》の私が神守幹次郎様を迎える役目を務めようとは、力不足を悔いております。その失態をどなた様かが取り繕《つくろ》ってくだされた。どなたにこの四郎左衛門、礼の言葉を述べればよろしいのでございましょうな、神守様」

「四郎左衛門様、失態と申されるならば、われら一同同じ立場にございましょう。どなたかがどなたかに礼など不要かと存じます」

と幹次郎が言い切り、四郎左衛門ら三人はその言葉の意を理解した。

「紋日だぜ、見廻りをしっかりとしねえ」

小頭の長吉の言葉が御用部屋まで聞こえてきて、澄乃に従う老犬遠助《とおすけ》の、ワンと吠える声を聞いて、

(よく生きていてくれた)

と幹次郎は思った。

「麻、京はいかがでしたか。およそのことは三井越後屋《みついえちごや》のご隠居様に聞かされて承知しています。ですが、そなたから聞きとうございます」

とふたりの行動を知る汀女が麻に訊《き》いた。

「姉上、加門麻は、井の中の蛙《かわず》どころか、芸事も花街《かがい》も祇園《ぎおん》の祭礼も何ひとつ知らぬ無知な女でございました。それを一年かけて知らされました」

ふっふっふふ
と汀女が笑い、

「幹どのの言葉と同じですね、表面で判断してはならぬということを覚えましたか、妹よ」

「姉上、加門麻、うちの言葉に表裏はおへん」

麻が京言葉で返事をした。

「それそれ、その京言葉には裏が隠されています」

汀女が言い返した。

「姉様、麻、姉妹の問答はうちに帰ってからせよ」

と幹次郎がふたりの身内を戒《いまし》めて、道中嚢から手造りの帳面と一通の書状を取り出すと、

「四郎左衛門様、それがしの京での修業の日々について認《したた》めてございます。お暇《ひま》の節、お読みくだされ。それがしもまた麻と同じく、千年の都《みやこ》に教えられることばかり、お恥ずかしいかぎりにございます。またこちらは祇園七人衆の旦那方からただ今の吉原会所の仮頭取三浦屋四郎左衛門様に宛てた書状でございます」

とそこに、引手茶屋山口巴屋《ひきてぢゃややまぐちともえや》の女将《おかみ》、この一年で貫禄《かんろく》が増した玉藻《たまも》と女衆が膳を運んできて、幹次郎と麻の前に座り、膳を置くと、

「お父《と》つぁんの墓に詣でてくださいましたそうな。有難うございます」

と涙声で挨拶《あいさつ》した。

寿永寺に詣でたことを澄乃が伝えたのであろうかと、幹次郎は思った。

「玉藻様、知らぬこととはいえ、四郎兵衛様に無情な仕打ちを許した神守幹次郎、己が許せませぬ。面目次第もござりませぬ」

玉藻の前に両手をついて幹次郎は詫《わ》びた。

「違うちがう、それは違います。神守様の謹慎《きんしん》は、亡き四郎兵衛様と神守様ふたりの企《くわだ》てです。京の修業も内密ながら私どもは承知であったこと。留守の間のことで、神守幹次郎様が責めを負うのは筋違いですぞ、それに」

と言いかける四郎左衛門に、

「三浦屋の旦那様、おひとつ」

と麻が酌《しゃく》をする体《てい》でその先の話を止めた。

「麻、そなた、京で酌をすることを覚えられましたか」

と汀女が麻に質《ただ》した。

「はい、姉上、茶屋一力《いちりき》に世話になっておりますと、女将はんの真似事もせななりまへん。京の酌の間合いは江戸とは、いささか違《ちご》うてます」

「酌を覚えただけやないやろ」

と麻の京言葉を真似て言った汀女が眼差しを幹次郎に向けて、

「幹どの、ひとつ。古女房の酌ではあきまへんか」

「豊後《ぶんご》の在所者《ざいしょもの》が吉原に世話になった折りも驚いたが、謹慎暮らしの京から江戸に戻り、姉様の酌か、光栄極まりないな」

と幹次郎が素直に受けた。

玉藻を含めた六人が盃《さかずき》を上げて、改めて謹慎が解けた祝いの酒を口に含んだ。

「よう戻ってみえました」

としみじみと四郎左衛門が言い、

「これで肩の荷が幾分下りました」

と言い添えた。

「四郎左衛門様、明日からそれがし、どのような御用をなせばよいか分かりませぬが、明日改めて三浦屋さんに相談に伺います」

と願い、

「最前頂戴《ちょうだい》した神守様の日録《にちろく》と祇園七人衆の旦那方からの書状、楼に戻って読ませてもらいます。それで宜しいかな」

と四郎左衛門が応じた。

幹次郎はしばし間を置いて、

「ひとつだけそれがしの口からご一統様に申し上げておきとうございます。よろしゅうございましょうか、四郎左衛門様」

「ほう、改まってなんでしょうな、伺いましょう」

幹次郎が京から戻ってきたことに安心したか、老舗《しにせ》の楼三浦屋の旦那が幹次郎の願いに気安く返事をした。

「やはり京の花街と江戸吉原の御免色里には、あれこれと違いがございます。ゆえに当初は麻もそれがしも戸惑うことばかりでございましたが、落ち着いてみると京と江戸が違うのは当然のことでござろうと思えました。であれば、京と吉原、互いに学び合い、教え合うこともあるのではないかと思うに至りました。そんな流れの中でそれがしいささか、祇園の揉めごとに助勢したこともあり、祇園七人衆、この吉原で申せば五丁町《ごちょうまち》の町名主《まちなぬし》の旦那衆のような集いですが、その場に招かれるようになったのでございます。七人衆はそれぞれの商いも異なりますが、代々の老舗にて分限者《ぶげんしゃ》の方ばかりでございます」

「おお、三井越後屋のご隠居楽翁《らくおう》様から聞きましたがな、神守様はどこに行こうと頼りにされますな」

と四郎左衛門が首をがくがくと振った。

「それがし、なすべきことをなしただけでござる。それはそれとして、祇園七人衆の旦那方が、これから京の花街と吉原はより密に交流することが有意義だと申されましてな、それがしに七人衆のひとりに名を連ねよと申されて、世話になっている身としては無下《むげ》に断ることもできず、勝手ながらそれがし、西と東の花街と色里が交友する証《あか》しに祇園七人衆のひとりに名を連ねました。このこと、差し障《さわ》りございましょうか」

「幹どの、そなた、京の花街の旦那衆のひとりですか」

と最初に呆《あき》れたのは汀女だった。

うっふふふふ
と破顔《はがん》したのは四郎左衛門で、

「番方、京は、神守様を祇園の旦那衆のひとりに引き入れたぞ。どうするな」

「三浦屋の旦那、どうするもこうするもございませんや。四郎左衛門様は、仮頭取から一刻も早く身を引きたいのでございましょう。となると、この吉原で次の八代目は、もはや神守幹次郎様しかおりません。ああ、そうか、京の旦那衆は神守様が吉原の次の頭取になることを承知しているんだな。公儀《こうぎ》や禁裏《きんり》を相手に大ナタを振るうことができる御仁《ごじん》なぞ、ふたりといませんからね。八代目が祇園の旦那衆の一角に名を連ねる、悪いことではありませんぞ。とはいえ、京と吉原、何をなすのですな」

と最後には仙右衛門が幹次郎に問うた。

「番方、それは麻に訊いてくれぬか」

と幹次郎が麻の顔を見た。

「はい。京には祇園を始め、花街がいくつもございます。まず最初に私が世話になった祇園の芸妓《げいこ》衆や舞妓《まいこ》衆を江戸に呼んで、吉原で京の芸を披露《ひろう》してもらい、江戸の歌舞音曲《かぶおんぎょく》と競い合ってもらうことを考えております」

と麻が答えた。

「なに、祇園の芸舞妓衆がはるばる江戸まで出てこられるか。さようなことを京の花街の旦那衆はお許しになろうか」

「はい。すでにお許しを得ています。もし今年、京から芸舞妓衆が江戸に見えたら、次の年は江戸から芸者衆が京に参るのはいかがでございましょう」

と一同に訊いた。

「いいな、私、うちの茶屋の二階で祇園の芸妓さん、舞妓さんの芸を見たいわ。それに吉原の見番《けんばん》の芸者衆と共演したら、客も喜びますわ」

と玉藻が賛意を示した。

「なんともすごい話になったたな、神守様はどう考えられますな。女衆が旅をするのは、男衆《おとこし》より面倒ではありませんかな」

と四郎左衛門が懸念《けねん》を示し、

「三浦屋の旦那様、この私が京と江戸を往来《おうらい》して参りましたえ」

と麻が言った。

「その件、ただ今の仮頭取と町名主衆とで話し合いませぬか。いまや、異国から大砲《おおづつ》を何門も搭載《とうさい》した大型帆船が蝦夷《えぞ》や江戸の外海に遠出してくるご時世でございますぞ。和人が自分の国の都ふたつ、京と江戸を往来するのに、あれこれと公儀が注文をつける時世ではありますまい」

と幹次郎が言い、

「うーむ」

と四郎左衛門が唸《うな》り、

「この場におる者に説明の要もないが、神守幹次郎様の謹慎は神守様と四郎兵衛さんの企て、八代目に神守様を就けるための日にち稼ぎでした。神守様のいない吉原がどうなったか、町名主はようやくだれもが気づいた。それで一年の謹慎の企ては果たしたと思うていたが、なんと京の祇園とこの吉原を芸者や芸舞妓が行き来するなんて、考えもしませんでしたな」

とさらに首を捻《ひね》った。

「うちのお父つぁんもあの世で、神守様はうちらの考え通りに動くお人やないわ、三浦屋さん、よう考えてや、と言うてます」

と玉藻まで京言葉を真似て言い、

「吉原の売りが花魁道中《おいらんどうちゆう》だけでは、もはや時世遅れやと言うてます。客は呼べまへんと叫んでます」

とさらに言い添えた。

「神守様、お互いに肚《はら》のうちをさらけ出しましょうか。その上で町名主方を呼んで、こたびの話をひとつずつ片づけていきましょうかな」

「それで結構でございます」

と話が成ったところで夕餉《ゆうげ》の膳が出た。

柘榴《ざくろ》の家では、猫の黒介《くろすけ》と犬の地蔵《じぞう》が主の幹次郎と麻の帰りを大喜びで迎えてくれた。おあきはすでにふたりがまず吉原会所に立ち寄ることを知らされていたので、風呂を立てて迎えてくれた。そこにはすでに伊勢亀の船に積まれてきた京の土産が届いていた。

幹次郎は黒介と地蔵とひと頻《しき》り遊んだあと、湯に入り、蚊遣《かや》りの燻《くゆ》る母屋の縁側で茶を喫《きっ》して、

(わが家はいいな)

と当たり前のことを思った。そして、明日の予定を考えた。先ほど、京で知り合った京都所司代《きょうとしょしだい》にして遠江掛川《とおとうみかけがわ》藩主の太田備中守資愛《おおたびっちゅうのかみすけよし》が三月一日に老中に昇進していることを吉原会所の番方仙右衛門に知らされていた。そのことを思い出しながら、明日の夕刻前、七つ半(午後五時)の町名主との集いの前に太田老中に会っておこうと思った。

黒介と地蔵が幹次郎の傍らから離れようとしなかった。二匹の「身内」を触りながら、その前に会うべき人がいるな、と思った。

風呂場から女たち三人の声が伝わってきた。なんの話をしているか内容までは聞こえないが、嬉々《きき》としている声音は伝わってきた。

母屋の寝所にはふたつ床がのべてあった。そんな床の上を二匹が転がり回り、また幹次郎の膝に乗ってきた。

汀女と麻がさっぱりとした浴衣《ゆかた》姿で団扇《うちわ》を持ち、蚊遣りの傍に来た。

汀女の傍らにいったん座した麻が立ち上がり、ふたつの床をいっしょにつけて、

「姉上、今宵は三人で寝ましょうな。明朝、京からの荷を解くにも都合がよろしいんと違います」

と言い、にっこりとした顔を幹次郎に向けた。

庭の雪見灯籠《どうろう》のほのかな灯《あか》りがなんともいい。

「わが家はなんともいいな」

「川の字に寝る幹どのは幸せもんや」

と麻が呟《つぶや》き、

「麻、いかにもさようどす。ふたりの美形といっしょに休むなんて極楽どすえ」

と汀女が応じた。

二

翌朝、神守幹次郎は早朝に八丁堀《はっちょうぼり》の南町定町廻《じょうまちまわ》り同心桑平市松《くわひらいちまつ》の役宅を訪ねた。小者《こもの》が菅笠《すげがさ》を脱いだ幹次郎の顔を見て、しばし無言でいたが、

「お戻りになりましたか」

と呟くように言い残すと主に知らせに行った。

桑平が飛んで出てきて、こちらも幹次郎の姿を長いこと眺めていたが、

「畜生、なんてこった。われらが肝をどれほど冷やしたか」

という言葉で迎えた。

幹次郎は黙って頭を下げた、下げ続けた。それしか友の不安と心遣いに応える術《すべ》はなかった。

「顔を見せてくれぬか」

との言葉に頭を上げた幹次郎は桑平の両眼が潤《うる》んでいるのを見たが、知らぬ振りをした。

「上がれ、上がってくれ」

その言葉に助直を腰から外し、この家の主に従った。

もはや桑平市松は、陰の人が江戸で行った荒業《あらわざ》について触れることはなかった。

その代わり、

「京の暮らしはどうだったな」

とようやく平静に戻った声音で訊いた。

幹次郎はこちらも淡々とした言葉で、

「わずか一年余、京から教えられたことは未《いま》だそれがしの頭の中でこなされておらぬ」

と前置きして、祇園の暮らしであったことをいくつか告げた。

「神守幹次郎という御仁、どこに参っても助けてくれる方がおられるな。汀女先生や番方がな、京に滞在しておられた三井越後屋の隠居楽翁どのから聞いた話を教えてくれた。どうすれば当たり前のように祇園の旦那衆や京の大きな寺社の老師たちと心を許し合えるか、それがしのような町奉行所の一同心では分からぬ。ともあれ、つい先日、老中に就かれた遠江掛川藩の太田様と知り合いになったそうな」

と桑平が言った。

さすがに南町奉行所の敏腕《びんわん》の同心だ、と幹次郎は友の情報網がたしかなことが嬉しかった。

「京の話を始めればきりはない。落ち着いた折りに姉様が玉藻様の代わりを務める山口巴屋で、身代《みが》わりの左吉《さきち》どのといっしょに酒でも呑みながら話さぬか」

「左吉には会ったか」

「いや、これから虎次《とらじ》の煮売《にう》り酒場を訪ねようと考えている」

「桑平市松は、山口巴屋より身代わりの左吉が常連の煮売り酒場のほうが落ち着くわ。近々そちらで会わぬか」

「それがしも女房の仕切る料理茶屋よりそちらがいい」

と応じた幹次郎に、

「三浦屋四郎左衛門とはすでに会ったな」

「お会いした」

「で、神守幹次郎どのが八代目になる話が出たか」

「まずは謹慎蟄居《ちっきょ》が明けたことを四郎左衛門様に認めてもらう。今夕、吉原五丁町の町名主と話し合う折りに、さような話が出るやもしれぬ」

「どなた様かが吉原を乗っ取ろうとした上様《うえさま》の近習《きんじゅ》一統を始末したで、もはやそなたが八代目に就くことに反対する方はおるまい。一時は正直、われらの知る吉原は消えたと覚悟した。七代目が殺され、会所は潰されて番方以下の面々は、船宿《ふなやど》牡丹屋《ぼたんや》で猪牙舟《ちょきぶね》の手入れなんぞをしていたのだ」

「そうか、そこまで追い詰められたか」

「そなた、すべて承知していてもそうとしか言えぬか」

「桑平市松どの、それがしは京にて謹慎しておったのだ。吉原の過ぎし歳月のことは何も知らぬでな。初めて聞かされた」

「ふーん、それがしの知る神守幹次郎とは別人になって京から戻ってきたか」

「一年、長いようで短く、一瞬であったようで永久の年月が過ぎたような気も致す。人というもの、変わるものであろうか」

「そう聞いておこう」

ふたりが話し込んでいる間、茶も出なかった。いや、ふたりの対面が家の者が茶を供することを許さぬほど緊張していたということであろう。

「今朝は再会の挨拶だけだ。これから虎次の煮売り酒場に行く心算《こころづもり》だ。牢屋《ろうや》にて仕事をしているということはあるまいな」

「二日前には顔を合わせたで、朝酒を聞こし召していよう」

と桑平同心が応じたのを機に、

「神守幹次郎、桑平市松どのに生きて会えて、これ以上の喜びはない」

と辞去の挨拶代わりに言い、桑平も頷《うなず》いた。

馬喰町《ばくろちょう》の路地にある虎次の煮売り酒場に身代わりの左吉はいて、ゆったりとした構えで杯を手にしていたが、

「これはこれは」

という言葉で迎えた。

幹次郎は、助直を外すと立ったままながら頭を下げた。

「吉原会所の八代目の四郎兵衛になるお方に頭を下げられては、身代わりの左吉はどう応じてよいか分かりませぬな。ようご無事で戻られた。加門麻様もごいっしょでしょうな」

「むろん義妹《いもうと》もいっしょだ。伊勢亀の先代の墓参りをし、吉原会所七代目の頭取四郎兵衛様の菩提寺寿永寺に詣でたのち、大門を一緒に潜った」

一拍置いた幹次郎は、

「昨夜は、柘榴の家でな、姉様、麻、それに猫の黒介、犬の地蔵とそれがし、身内一同でいっしょに寝た」

と笑い、卓代わりの空樽《からだる》の前にある床几《しょうぎ》に座った。

はっはっふぁふあ、と破顔した左吉が手にしていた杯を呑み干すと新たに酒を差した。

「頂戴しよう」

と受けた幹次郎はゆっくりと呑み干し、しばし空の杯を見ていたが、左吉に戻すと新たな酒を注ぎ返した。

「京はどうでした」

「やはり古《いにしえ》からの都であるな。豊後の在所生まれの下士《かし》には、何もかにも珍しく新鮮に感じられた。左吉どのは京を承知か」

「わっしが京を訪ねたとしたら、神守様以上に江戸者の野暮です、京のお方に嫌気を生じさせましょうな。おそらく京を知らずしてわっしは三途《さんず》の川を渡りましょう」

「そう毛嫌いしたものでもない。それがしと麻は、祇園七人衆の旦那や清水寺《きよみずでら》の老師、祇園感神院《かんしんいん》の執行《しゅぎょう》様方などに、なんの差し障りもなく受け入れてもろうた。ゆえに一年が何年にも感じられるほど、濃いものであった」

「神守様やから格別な待遇やったんとちゃいますか。わっしが思うには、吉原会所に受け入れられたときと同様に、神守様は命を張って祇園の旦《だん》那はんに尽くしはった、ゆえにあちらもおふたりを受け入れはったんとちゃいますやろか」

と京言葉で左吉が言い返した。

「左吉どのはそれがしより京言葉が上手ではないか。京をとくと承知ではないのかな」

「かようにいい加減な話し方は、牢屋敷で教えられるのでございますよ。そういえば、つい先ごろ老中に就かれたお方が神守様と昵懇《じっこん》と、牢で小耳に挟みましたがな」

「そうか、桑平同心もそのことを最前申されたが、左吉どのからの伝聞でござるか」

「わっしもそれ以上のことは知りませんでな。それにしても一年の間に遠江掛川藩の殿様と昵懇の間柄になりますのか、身代わり業のわっしには想像もつきませんな」

「それがしと譜代《ふだい》大名の殿様が昵懇の間柄などありえぬ」

と幹次郎が言い切った。

「では、知らないとおっしゃるんで」

「いや、人物は承知だ」

と応じた幹次郎は、麻が薄墨《うすずみ》時代に吉原で世話になった太田資愛が偶然にも京都所司代を務めており、偶《たま》さか役所前を通った折りに、乗物の中から声を掛けられたのが、自分も知り合いになったきっかけであったことを告げた。

「薄墨太夫《だゆう》の馴染が太田の殿様やて。やはり神守様と麻様のふたりは並みのお人やおへん。京都所司代から江戸に戻られて老中職となりはった、こりゃ、吉原会所の改革にとってえらいお味方とちゃいますやろか」

いささか酒に上気《じようき》したか、幹次郎との再会に興奮したか、左吉の妙な京言葉は止まらなかった。

「左吉どのゆえ、申しておこう。吉原の町名主たちが今宵、それがしと会い、会所の八代目をそれがしに命ずるかどうか決することになるやもしれぬ。その前に老中屋敷を訪ねようと思う。約定《やくじよう》もない吉原者に老中との面会が叶うかどうか知らぬが、断られて元々の心算で、官許《かんきよ》の吉原復興のお知恵を拝借《はいしやく》してみようと考えておる」

「それはいい考えやと思います」

と即答した左吉がしばし腕組みして沈思《ちんし》した。

「なんぞお考えがござるか」

「神守様、田沼意次《たぬまおきつぐ》様の後釜、松平定信《まつだいらさだのぶ》様の政《まつりごと》をどう思われる」

と左吉が反問した。

「松平様は明敏《めいびん》なお方であられる。ただしこの一年余、江戸を留守にしていたゆえ、ただ今の松平定信様の政はそれがし、存ぜぬ」

「一言で言うのやったら、田沼様が賂《まいない》政治ならば、松平定信様のご改革は、真っ正直なやり方どしてな、なかなか事が進みませんのや。わっしの勘では、松平定信様は、表舞台から近々お退《しりぞ》きになるのとちゃいますやろか」

「なぜそう推測されますな」

「政には殊更《ことさら》光もあれば闇もある。清濁の塩梅《あんばい》でご改革をかたちにできるかどうか、決まります。定信様は出自《しゅつじ》がよ過ぎますわ、こういうお方は職階に拘泥《こうでい》なさりません、とわっしは見ていましてな」

「清濁の塩梅ですか」

「へえ、ご改革が頓挫《とんざ》することは、吉原にとって悪いことではありますまい。そのためにも新任の太田老中と吉原会所の八代目は、仲よくすることが大事でございますよ。城中からお戻りになった折りに屋敷前でお待ちになっておられれば、あちらから声がかかります」

と左吉が言い切った。

老中は四つ（午前十時）に登城《とじょう》し、退出は八つ（午後二時）、俗にこれを、

「四つ上がりの八つ下がり」

と称した。

また老中の行列は、刻み足で忙《せわ》しそうに通った。それは万が一大事件が発生した折り、急に小走りになっては世間が不審に思う。ゆえに常日頃から刻み足で登城し、下城《げじょう》した。

譜代大名遠江掛川藩の上《かみ》屋敷は、道三堀《どうさんぼり》の道三橋北側にあった。大手門《おおてもん》よりさほど遠くはない。

神守幹次郎は、夏羽織《なつばおり》に袴《はかま》姿で道三橋の北詰に立っていた。今朝柘榴の家を出るときより、汀女と麻に、老中屋敷を訪ねることを告げていた。そのためにふたりが幹次郎の形を整えてくれた。

八つを四半刻《しはんとき》(三十分)も過ぎたころ、ざっざっざ、と刻み足の音がして辰《たつ》の口《くち》の方角から行列が姿を見せた。

丸に桔梗《ききょう》は、太田家の家紋だ。

行列の道中方が白扇《はくせん》を手にした幹次郎を気にした。が、幹次郎が行列に腰を屈《かが》めて頭を下げたのでそのまま通行しようとした。

「待て」

と乗物の中から声がかかった。異例なことだ。もはや屋敷の門前が見えていたが、老中の命だ、止まらざるを得ない。小姓《こしよう》の名が呼ばれた。

「あの者をこれへ」

と乗物の主が道三橋の袂《たもと》で腰を折り、頭を下げた幹次郎を呼ぶように告げた。

小姓の手招きで幹次郎が乗物の傍に寄り、地面に片膝をついた。

「神守幹次郎、京から戻ってきたか」

「ご老中、昨日、義妹の加門麻とともに戻りましてございます」

「そのほう、予《よ》に江戸帰着の挨拶に参ったか」

「いえ、吉原会所の復興についてご老中のお知恵をお借りしたく参りました。約定もなく非礼は承知です。今宵、官許の遊里吉原会所の新たなる頭取が決まる運びとなるやもしれませぬ。ゆえに礼儀も心得ず罷《まか》り越しました」

「よし、小姓の菊弥《きくや》に従え」

と太田資愛が命じて行列が動き出した。

掛川藩は、江戸幕府開闢《かいびやく》の折りより、譜代大名の松平（久松《ひさまつ》）家、安藤《あんどう》家、朝倉《あさくら》家、青山《あおやま》家、松平（桜井《さくらい》）家、本多《ほんだ》家、松平（藤井《ふじい》）家、北条《ほうじよう》家（外様《とざま》大名）、井伊《いい》家、ふたたび松平（桜井）家、小笠原《おがさわら》家とくるくると変わり、延享《えんきよう》三年（一七四六）九月二十五日に太田資俊《すけとし》が上野国《こうずけのくに》館林《たてばやし》より掛川に入封《にゆうほう》した。

その二代目が資愛であった。資愛は、藩臣斎田茂先《さいだしげとき》、山本忠英《やまもとただふさ》らを登用して、『掛川志稿《しこう》』の編纂《へんさん》事業に着手させた。また、掛川城内の竹の丸の一角に藩校北《きた》門書院《もんしょいん》を開いて、林述斎《はやしじゅっさい》の高弟らを招き、学業発展に尽くした。

そんな太田資愛が藩主に就いて三十年の歳月が過ぎ、公儀において奏者番《そうしゃばん》、寺社奉行、若年寄、京都所司代を順調に歴任して、幕閣《ばっかく》の最高位老中に昇進していた。

そんな資愛から声がかかって四半刻後、幹次郎は掛川藩上屋敷奥の間で老中と対面していた。

「神守、そのほうの用事、予が当ててみせようか」

幹次郎はただ頷いた。

「そのほうが吉原会所の八代目に就くか」

「ご老中はすでにそれがしの出をご存じかと思います。豊後国のさる藩の下士にございました」

「たしか幼馴染の女子《おなご》が借財のかたに年上の上役の女房になったのであったな。その女子の手を引いて脱藩した。十年の妻仇討《めがたきうち》を逃れ切って吉原会所に拾われた。それがそなたら夫婦《めおと》の運のつき始めであった」

「いかにもさよう」

「公儀が許した吉原は一夜千両の遊里、その頭取にそなたがなろうとしている。何が不満か」

「不満などあろうはずもございません。ご老中が承知のようにそれがしと義妹の加門麻を京に一年間、謹慎と称して預けたのは七代目の四郎兵衛様でございました」

「この一年の間に吉原を上様の御側御用取次《おそばごようとりつぎ》の朝比奈義稙《あさひなよしたね》が乗っ取ろうとしたのではなかったか」

「はい。もはやご老中に言葉の要はございませんな」

「そのほうが京に一年いたことはこの資愛が保証しよう」

と言い切った。

「有難き幸せ」

「まさか三月《みつき》の間に江戸にそのほう、ひとりで戻り、乗っ取られた吉原を取り返そうとは、予も夢想だにしなかったわ」

「最前、ご老中はそれがしが京に滞在していたことを証言すると申されました」

代官狩り　夏目影二郎始末旅(二)
破牢狩り　夏目影二郎始末旅(三)
妖怪狩り　夏目影二郎始末旅(四)
百鬼狩り　夏目影二郎始末旅(五)
下忍狩り　夏目影二郎始末旅(六)
五家狩り　夏目影二郎始末旅(七)
鉄砲狩り　夏目影二郎始末旅(八)

役者狩り　夏目影二郎始末旅(十)
秋《しゅう》帆《はん》狩り　夏目影二郎始末旅(十一)
鵺《ぬえ》女《め》狩り　夏目影二郎始末旅(十二)
忠治狩り　夏目影二郎始末旅(十三)
奨金狩り　夏目影二郎始末旅(十四)
神君狩り　夏目影二郎始末旅(十五)

「吉原裏同心」決定版（紙・電子）

刊行予定リスト

- □流離　吉原裏同心　決定版❶　2022年4月
- □足抜《あしぬき》　吉原裏同心　決定版❷　2022年4月
- □見番《けんばん》　吉原裏同心　決定版❸　2022年5月
- □清搔《すががき》　吉原裏同心　決定版❹　2022年5月
- □初花　吉原裏同心　決定版❺　2022年6月
- □遣手《やりて》　吉原裏同心　決定版❻

- □夢幻　吉原裏同心　決定版㉒　2023年2月
- □狐舞《きつねまい》　吉原裏同心　決定版㉓　2023年3月
- □始末　吉原裏同心　決定版㉔　2023年3月
- □流鶯《りゅうおう》　吉原裏同心　決定版㉕　2023年4月
- □旅立ちぬ　吉原裏同心　決定版㉖　2023年4月
- □浅き夢みし　吉原裏同心　決定版㉗

「証言には真偽《しんぎ》こき混ぜることになろう。じゃが、この期《ご》に及んでさようなことは枝葉末節《しようまつせつ》、そのほうがなした行いに幕閣の大半が満足しておられる。ところで八代目に就くのをそのほう、迷うておるか」

「先代の四郎兵衛様が命を張って守ろうとした吉原会所、それがしが継ぐのが一番よろしいかと思います。念のためにご老中のお考えをと、かよう罷り越しました」

「予の考えは、そのほう、己の考えに素直であれというだけだ」

資愛の返答にしばし瞑目《めいもく》した幹次郎は頷いた。

「金が動くところにはあれこれと手出しをしてくる者がおるわ。町名主でそのほうの八代目就任に反対の者はおるか」

「しばしの間仮頭取をなされておられる三浦屋の四郎左衛門様は、もはや反対する者はあるまいと楽観して考えておられます。最前、ご老中が申されたように金が動くところには、密《ひそ》かな企《たくら》みを抱いておる者はおりましょう」

「そのほうなれば、反対の者を黙らせることもできよう」

「力でねじ伏せた騒ぎはたびたびぶり返されます」

「いかにもさよう」

と応じた太田資愛が、

「そなたが吉原会所の八代目頭取になれば、公儀にとって、予にとって何か都合のよきことがあろうか」

と自問するように呟いた。

「ご老中、それがしのできることは知れております。されど」

と言葉を止めた。

「されど、なんじゃ」

と資愛が急《せ》かした。

「幕臣の方々の中には数多《あまた》凄腕の剣者、あるいは知恵者がおられます。ですが、この方々は、闇の世を知りますまい。地べたを這《は》い回って生きてきたそれがしは、闇のやり方を承知しております。己の来《こ》し方にかてて加えて、七代目四郎兵衛様から十分に教え込まれました。その七代目が上様の近習朝比奈某《なにがし》に敗《やぶ》れた。ご老中、なぜでございましょう」

「神守幹次郎が不在であったゆえと言いたいか」

「いえ、だれしも抗《あらが》えぬ老いのせいで、己の力を過信なされたか」

しばし太田資愛が沈黙し、

「神守幹次郎と太田資愛、密約成ったと言うてよいか。表は予に任せよ、裏はそのほうに片づけてもらおう。公儀の中にもいつの日か、第二、第三の朝比奈義稙が必ずや出てまいる」

と言い切った。

「いかにもさよう」

「神守幹次郎、予が一通の書状を認める。その間、待て」

「有難き幸せ」

と幹次郎は頭を下げた。

三

この日の七つ半過ぎ、神守幹次郎は、吉原会所の頭取の御用部屋の廊下に立った。

障子戸の向こうには人の気配がすでにあった。おそらく仮頭取を務めている知多者《たもの》にして老舗大籬《おおまがき》(大見世《おおみせ》)の楼主三浦屋四郎左衛門以下の五丁町の町名主と思えた。

「神守幹次郎にござる」

と声をかけると、

「お待ちしておりました」

と四郎左衛門が応じた。

幹次郎は助直を手に中から開けられた障子の前で、一同に会釈《えしやく》した。

町名主たちが一年余ぶりの裏同心を見た。その中には幹次郎の知らぬ新しい町名主の顔がふたつあった。

「こちらへ」

と四郎左衛門が自分の傍らを指した。

「失礼致す」

と素直に指図に従った幹次郎は、その席に座すと威儀《いぎ》を正して、

「先代の頭取七代目四郎兵衛様から一年の謹慎を命じられました神守幹次郎、昨日、仮頭取の四郎左衛門様にお会いして、謹慎を解かれる旨の許しを得ました。とは申せ、五丁町の名主衆には謹慎後には初めて対面致します。神守幹次郎、改めてご一統様に謹慎に至った咎《とが》をお詫び申します」

と両手をついて頭を下げた。

謹慎前からの町名主五人、そして新しく町名主に就いたふたりだ。一番古手《ふるて》の顔の京町《きょうまち》二丁目の老舗大籬の主喜扇楼《きせんろう》正右衛門《しょうえもん》が、

「ご苦労さんでした」

と幹次郎に声をかけた。

幹次郎はただ会釈で応じた。すると正右衛門が、

「もはやこの場の一同は神守幹次郎様の謹慎蟄居がある意図を持って先代から命じられたものであることは承知でございますな。この場であれこれと昔話を取り上げることは時間の無駄にございましょう。三浦屋さん、早速今宵の本題に入りませぬか」

と四郎左衛門に願った。

「申し訳ございませぬ。私め、今宵の本題が何か正式にだれからも聞かされておりませぬ」

と応じたのは町名主に初めて任じられた角町《すみちょう》の妓楼五木楼《いつきろう》の若い主、幾太郎《いくたろう》であった。すると新顔のもうひとり江戸町《えどちょう》一丁目の大籬花霞《はながすみ》の豊之助《とよのすけ》が頷いた。

「やはりその話から始めるべきですか」

と四郎左衛門は疲れを浮かべた顔で言った。

幹次郎は、四郎左衛門が新たな町名主を選んでいながら肝心のことには触れていなかったことにいささか驚いた。だが、この一年余、吉原が被《こうむ》った危難に対応することで精いっぱいで、四郎左衛門がこの一件の根回しをしていないことはむべなるかなとも思った。

町名主一同が頷いた。

それを見た四郎左衛門が最後の力を振り絞るように話し出した。

「身罷《みまか》られた先代の頭取四郎兵衛さんが、一年数月前、町名主の旦那衆に、新たなる頭取八代目への交代を提案致しました。その折り、その場におられた町名主の何人かが四郎兵衛さんの提案に反対されました。四郎兵衛さんは、この数年の吉原の商いなどを考えて、新たな若い頭取で吉原改革に対応すべきと考えられ、この場におられる神守幹次郎様の名を挙げられましたが、最前申した通り、町名主すべての方の賛意は得られませんでした。そこで四郎兵衛さんは、神守様ご自身のお申し出によって、ありもしない失態を曰《いわ》くにして神守様に一年の謹慎蟄居を命じられました。その謹慎の背景には、吉原会所の主導者に新たなる若い血を入れるために時が必要であるとして、新頭取の決定を一年先延ばしにすべきという判断がございました。私、四郎兵衛さんの古い盟友として、また京一の町名主として四郎兵衛さんの考えに賛成致しました。その後、もはや説明の要もない難儀が吉原に伸《の》しかかり、吉原会所の七代目が公方《くぼう》様の御側御用取次と称する朝比奈某一派に拉致されて、骸《むくろ》はなんと未明閉ざされた大門に吊るされるという残虐非道な所業に遭いなさった」

四郎左衛門の話を初めて聞く新入りの町名主たちは言葉もなく凝然《ぎょうぜん》とした。

「病で亡くなられたと聞き及びましたが」

と新入りのひとり、花霞の豊之助が驚きの顔で質した。

「いえ、今私が申し述べたことが真実です。吉原会所が解散を命じられ、大門の外に放り出されて番方以下の面々が懇意の船宿牡丹屋で猪牙などの手入れをしていたことをご存じでしょう。四郎兵衛さんの悲劇のあと、私が吉原会所の仮頭取を引き受けましたが、なんら役に立たなかったのはこの場のご一統様がご承知のはず、そして、この吉原を乗っ取られました。旧吉原以来の老舗の妓楼や引手茶屋が次々に一派に買い取られ、廓の外に出ざるを得なかった一件もまた説明の要はありませんな。もはや私どもの官許の吉原の命運は定まったかに思えました。この場におられる古くからの町名主方はおよそ察しておられましょう」

「三浦屋さん、お尋ねしてようございますか」

ともうひとりの新入り五木楼の幾太郎が許しを乞い、四郎左衛門が頷いた。

「この間、この場におられる神守様はどちらにおられたので。禅宗《ぜんしゅう》の寺にて修行と聞いておりましたが」

「はい、さよう噂を流したのは、四郎兵衛さんです。事実はこうです、神守幹次郎様は四郎兵衛さんや私の許しを得て、京に参り、この吉原の基《もとい》になった島原《しまばら》遊廓を始め、主に祇園において花街の商いや仕来たりを学んでおられました。それはむろんこの吉原に新たな改革をなすためです」

「この一年の間に吉原は朝比奈一派に乗っ取られ、壊滅しましたな。この間、神守様は、京におられて修業されておられましたか。神守様の主たる四郎兵衛さんや芳野楼《よしののろう》の早右衛門《そうえもん》さんがむごい仕打ちを受けたにも拘《かか》わらずです」

と、伏見町《ふしみちょう》の町名主壱刻楼《いちこくろう》の蓑助《みのすけ》が幹次郎を責めるような眼差しで見た。壱刻楼はよそ者の幹次郎が吉原会所の八代目頭取に就くことには元々反対であった。だが、四郎兵衛や三浦屋の四郎左衛門に説得されてしぶしぶ賛成派に鞍替えした。

幹次郎は無言のまま首肯《しゅこう》した。

「私どものだれが吉原会所の頭取が惨殺されて大門に吊るされるなど考えましょうか。そのあとのことは、幾たびも説明しましたな。四郎兵衛さん亡きあと、無力なこの四郎左衛門が仮頭取に就きましたが、四郎兵衛さんと比べるのも愚か、無様《ぶざま》な務めぶりでした」

と自虐というより慙愧《ざんき》の告白を老舗の妓楼の主がなした。さすがに新入りの町名主は何も言えなかった。

「三浦屋さん、私も少しばかり訊きたいことがございます」

と古参《こさん》の町名主江戸町二丁目の相模屋伸之助《さがみやしんのすけ》が問答に加わった。

「公方様の御側御用取次と称していた朝比奈某を斃《たお》したのはだれですな」

と言いながら四郎左衛門から幹次郎に視線を向けた。

幹次郎は何も言わなかった、無言だった。

「私から代弁させてもらいましょう。あのような荒業を振るい、芳野楼の遣手《やりて》だった女子を始めとして朝比奈様を成敗なされ、四郎兵衛様の仇《あだ》を討たれた方がどこかにおられます。おられますが、私はどなた様か存じませぬ。天が遣わされた武勇の士のお手柄と思うております」

四郎左衛門の返事に五丁町の町名主たちがふたたび幹次郎に視線を向けた。

「三浦屋の旦那どのが申されましたこと、昨日、吉原の大門を潜って知らされました。なんとも四郎左衛門様以上に吉原会所の裏同心は無様でございます」

「神守様が京から江戸に密かに戻られていたということはございませんな」

「ございません」

と即答した幹次郎が懐からゆっくり書状を出した。

「それがしが京を離れなかったという証しの書付《かきつけ》にございます」

「どなた様の書付ですな」

と四郎左衛門が問うた。

「先の京都所司代、遠江掛川藩主太田資愛様の書付です」

「なに、先の京都所司代の太田様とは、ただ今の老中ではありませんか」

「はい」

と差し出された書付を受け取った四郎左衛門が、

「神守様は老中太田様とお知り合いでしたかな」

「京にて世話になりました。ゆえにかようなお疑いをご一統様方が抱かれる折りにはお見せ致そうと、太田様に『神守幹次郎とは三、四日に一度面談しておった』という書付を最前頂戴して参りました」

「なんと老中にその場でこの書付を認めるよう願われたと申されますか」

「ご一統、太田資愛様の真筆《しんぴつ》でございます。拝読願いましょうか」

との幹次郎の言葉に四郎左衛門が、

「ううーん」

と唸り、古参の町名主に渡した。

掛川藩主の花押《かおう》まで押された書付を一同が読んで、

「神守様は京を離れておられませんな。ということは吉原での朝比奈義稙様の死を始め、諸々の解決に関わっておられんということですな」

「そういうことですな」

「となるとどなたが四郎兵衛様方の仇を討たれたのでございましょうな」

などと言い合った。

「ご一統、もはや済んだことをあれこれと論《あげつら》っても無益ではございませぬか。それよりこの場の本題に戻りませぬかな、この四郎左衛門はもはや老人、吉原会所の頭取どころか、妓楼三浦屋の主もまともに務められませんでな。これ以上吉原会所の頭取が不在では、新たな厄介に見舞われたとき、会所の力が発揮できますまい。改めてお尋ね申します、どなた様か、よき八代目の候補に心当たりございませぬか」

と四郎左衛門が一同に言った。

四郎左衛門を除く六人の町名主が沈黙して考え込んだ。

長い無言の刻《とき》が過ぎた。

「三浦屋さん、一年以上も前、五丁町の町名主の集いで名が出たお方がおられましたな。ここにおられる神守幹次郎様です。その折りは、御免色里の吉原にゆかりのない御仁ゆえと反対された町名主がおられたそうな。一年有余の歳月を経て、変わったことがございますな」

と言い出したのは角町の大籬五木楼の若主人幾太郎だ。

「たとえば、私どもふたりの町名主が新たに加わりましたな」

と言ったのは江戸町一丁目の花霞の若主人の豊之助だ。

「それもございますが、神守様が一年前とはお変わりになったのではありませんか。吉原にゆかりがないゆえ、八代目には不適と申される町名主は今やおられますまい。なぜならば、この場におられる神守幹次郎様は、老中太田資愛様と昵懇の間柄、かような書付を老中にその場で認めさせたお方です。この場のだれひとりとして、吉原が御免色里、つまりは公儀が監督差配していることを知らぬお方はありませんな。老中と昵懇であった吉原会所の頭取など、先代を含めてかつておられましたか」

「おられません」

と古参の京町二丁目の名主、喜扇楼の正右衛門がはっきりと言い切った。

「この縁を大事にせねば罰が当たりますな」

と応じたのはもうひとりの古参、揚屋町《あげやまち》の常陸屋久六《ひたちやきゅうろく》だ。

「ご一統様、それがしと老中太田様の付き合いは、皆様が考えられるほど密なものではございませんぞ。また太田様は、さような付き合いをよしとなされましょうか、却《かえ》って吉原にとって悪《あ》しきことにはなりませぬか」

と幹次郎が反問した。

「神守様、それはどうでしょう。この書付の文面を見るに太田様は、神守様を信頼しておられる。ということは京において京都所司代の太田様のために汗をかかれたということではございませんかな」

と四郎左衛門が異を唱え、

「いかにもさようさよう」

と喜扇楼の主が賛意を示した上で、

「ご一統、今は亡き七代目の四郎兵衛さんの遺志を念頭に置き、八代目をこの場で決めるわけには参りませぬかな」

と言い出した。

まず新入りのふたりが賛意を示し、古参の四人も首を縦に振った。

「神守様、われらの縁はさほど長いものではございません。されど、お互いが命を張って吉原のために戦ってきた同志でもございます。この年寄りが考えても神守様と汀女先生の存在はただ今の吉原にとって救いでございます。神守様が八代目に就かれたとしても決して楽なことだけでも喜ばしいことばかりでもありますまい。反対に難儀や苦労の多い職かと存じます。そのことを分かった上でお願い致します。この囲いのある遊里に売られてきた遊女衆のために、旧吉原からの二百年の御免色里を残すためにひと肌脱いでいただけませぬか」

と四郎左衛門が願った。

幹次郎はしばし瞑目して、

(四郎兵衛様の最後の願い)

に応えられるか己に問うた。

両眼を見開き、一同ひとりひとりの顔を正視したあと、

「吉原に夫婦して救われた神守幹次郎でござる、僭越《せんえつ》ながら微力者のそれがし、お引き受けさせていただきます」

「おお、われらも神守様といっしょに働かせていただきます」

「八代目頭取がこれで決まりましたな」

「さあて、代々四郎兵衛会所とも呼ばれる会所の頭取は、四郎兵衛の名を継ぎますが、名を変えてよかろうか」

と三人の古参が言い合った。

「ご一統様、お待ちくだされ。その前に神守幹次郎、吉原の陰の者、裏同心と呼ばれ、腰に刀を差してこれまでの務めを果たしてきました。刀を捨てねば四郎兵衛会所の頭取には就けませぬか」

と幹次郎が問うた。

「そのことは亡くなった四郎兵衛さんとよう話してきました」

と四郎左衛門が言い出した。

「四郎兵衛様はどのようなお考えでございましたかな」

「これまで通り陰の人の神守幹次郎と吉原会所の八代目頭取四郎兵衛と、ひとりの者が二役を務めればよきこと。神守様ならば腰に大小を差す裏同心と、無腰《むごし》でいる頭取の務め分けなど容易《たやす》くできましょう、神守様に刀を捨てさせることは決して新しい吉原会所にとってよきことではない、と申されておりました」

ふっふっふ
と古参の町名主連中が満足げに笑い、

「私どもは神守幹次郎、四郎兵衛の二君に仕えることになりますかな。なかなか面白きことになってきたぞ」

と花霞の豊之助が破顔した。

「さて、私にな、最後の仕事をさせてくだされ、ご一統様」

と三浦屋の四郎左衛門が言い出した。

「最後の仕事ですと、なんでございましょうな」

と古参の京二の喜扇楼正右衛門が質した。

「私に八代目就任の世話方を務めさせてくだされ」

「むろんのことです。この役目、三浦屋さん以外におりませぬわ。わざわざ断ることでもありますまい、三浦屋さん」

「いえ、もうひとつ。八代目就任のその日をもって町名主を返上し、三浦屋の主も嫡男《ちゃくなん》の将一郎《しょういちろう》に譲る所存です」

と四郎左衛門が言い切った。

新たな沈黙がこの場を支配した。

「今日は驚かされることばかりですな。四郎兵衛さんが身罷ったと思ったら、無二の相棒であった三浦屋さんまで隠居されるか」

と京二の喜扇楼正右衛門が言った。

「だれもがいつかはこうなります。こたびは吉原会所の仮頭取を務めさせていただき、自らの老いを感じました。若い八代目が誕生したのです、ここは年寄りが引くべきとき、神守様に遠慮など心遣いをさせたくはございません」

と四郎左衛門が己の気持ちを吐露《とろ》した。

「ならば私ども四人も引きますかな」

「いえ、相模屋さん、それはなりませぬ。若い者たちの考えを支えるために年季の入った年寄りの知恵を役立たせてくだされ」

「ううーん、三浦屋さん、えらいことを考えられましたな。されど将一郎さんは地味に三浦屋の商いを陰から支えてこられましたな」

「むろん、京一の町名主は改めて選んでくだされ」

「それは違いますぞ」

と古参の常陸屋久六が反対し、

「京一の三浦屋さんの名声は吉原でも別格です。ただ今の四郎左衛門さんが隠居されたあと、京一の町名主を継ぐ者がいるとしたら、将一郎さんの他におられますかな」

「おられませんな」

「われら新入りにとっては将一郎さんがいるといないでは大違いです、われらふたりの兄貴分として役目を果たされましょう」

と五木楼の幾太郎も賛意を示してこの一件も決まった。

「ならば次の集いには三浦屋の将一郎さんが出られますな」

揚屋町の常陸屋の主が言い、四郎左衛門が、

「この四郎左衛門も名を倅《せがれ》に譲りますで、これまで通り三浦屋四郎左衛門が新入りの町名主に名を連ねます」

幹次郎はこの話に一切加わらなかった。すると四郎左衛門が、

「八代目、なんぞお考えはございませぬか」

「三浦屋さん、それがし、ただ今は吉原会所の裏同心にございます。その立場で申し上げれば、就任前の八代目の頭取に気遣いをいただき恐縮至極《しごく》にございます」

「いえね、四郎兵衛さんの気苦労がこれまでとは思いもしませんでな。四郎兵衛

さんには隠居暮らしを数年でもようございます、してもらいとうございました。その分、私が隠居とはなんぞやと体験しましてな、あの世に行った折りに四郎兵衛さんに、ああだったこうだったと伝えますでな」

との四郎左衛門の言葉で、本日の町名主の集いは終わった。

吉原会所の奥座敷に残ったのは、四郎左衛門と幹次郎だけだ。四郎左衛門の手に老中太田資愛の書付があった。

「神守様、そなたは吉原会所の八代目の頭取になるべくしてなられたお方です。鎌倉《かまくら》の建長寺《けんちょうじ》の『吉原五箇条遺文《ごかじょういぶん》』の存在を直《じか》に知るお人は神守幹次郎様だけですでな。他のだれよりもこれはそなた様の役目でございますよ」

と最後に幹次郎に言い添えた。

四

夏羽織を脱いだ幹次郎が番方らの集まる会所に出ていくと仙右衛門が、

「八代目就任、おめでとうございます」

と述べて一同が深々と頭を下げた。

しばし仲間たちの顔を眺め回した幹次郎が、

「この一年余、苦労をかけました。それがしの八代目就任は正式には公儀が了承せねばなりますまい。裏同心、最後の見廻りに行きとうございます。ご一統もふだん通りの務めを果たされよ」

と言い、仙右衛門と視線を交わらせて頷き合った。

ふたりの間ではそれですべて通じた。

幹次郎が土間に下りて、手にしていた助直を腰に差し、

「遠助、それがしの見廻りに同道してくれぬか」

と願うと老犬がよろよろと立ち上がった。

老犬には嶋村澄乃が従った。

幹次郎は三和土《たたき》廊下から裏戸に回ると会所の路地に出て、大門口へと向かった。かつて、裏同心として幹次郎が己に課してきた習わしだ。

今後、八代目四郎兵衛として、吉原会所の仲之町へと通じる表口を使うことになる。私人神守幹次郎としては裏口を使う心算でいた。

会所の表に澄乃と遠助が待っていた。

面番所の前に立ち、大門から待合ノ辻を訪れて菖蒲を眺める客の間から何気な

く幹次郎を見た南町奉行所隠密廻り同心の村崎季光《むらさきとしみつ》が、

「おおっ」

と驚きの声を漏らし、しばし茫然自失《ぼうぜんじしつ》していたが、

「そのほう、神守幹次郎じゃな」

と質した。

無役《むやく》に落とされていた村崎同心を密かに元の役目に戻したのは、神守幹次郎だ。むろんまだ使い道があると思ってのことだ。

「いかにもさようです、村崎同心どの」

「そのほう、謹慎蟄居は解けたのか」

「ご迷惑をかけましたな。ご一統様のご厚意により、吉原に戻って参りました」

「で、どうであった。禅宗の寺の修行は」

「華やかにも雅《みやび》、なかなかの日々にございましたぞ」

と幹次郎が京の祇園の暮らしを思い浮かべて言った。

「神守幹次郎、そのほう呆《ぼ》けておらぬか。戒律《かいりつ》の厳しい禅宗の寺修行が華やかじゃと、雅じゃと」

「それぞれ修行の仕方で感じ方が違うようです。村崎どのも一度修行なされませ

ぬか」

「おい、真《まこと》の話か。まさか禅宗の寺に女はおるまいな」

「いえ、尼僧《にそう》がおられます」

「さようなことは分かっておるわ。夕餉に酒は出るか」

「村崎どのなれば出るやもしれませぬな」

と幹次郎が応じて、

「では、久しぶりの見廻りに参ろうか」

と澄乃と遠助に注意を向けた。

「はい。八代目、お供をさせていただきます」

と澄乃が応じて、

「女裏同心もこの暑さで呆けおったわ」

と村崎が送り出した。

ふたりと老犬は、菖蒲の花畑を横目に水道尻《すいどじり》に向かってゆっくりと歩き出した。

すると山口巴屋の女主の玉藻が改めて、

「お帰りなされませ、八代目」

と声を潜《ひそ》めて挨拶した。

幹次郎は会釈を返すに留《と》めた。

そのとき、京町の方角から、チャリンと鉄棒《かなぼう》の音がした。高尾《たかお》太夫の紋が描かれた箱提灯《はこぢょうちん》を手にした男衆を先導役に禿、振袖新造らに囲まれた高尾太夫の花魁道中が仲之町に華やかに現われた。

「おおー、高尾太夫の花魁道中だぜ、安公《やす》」

「おれの馴染の花魁よ、一々教えてくれなくても先方はご存じだ」

「大きく出やがったな。おめえの馴染は一ト切《ひときり》百文《もん》の切見世《きりみせ》（局見世《つぼね》）の年増《としま》女郎じゃないか」

「なんでもピンキリは味があるのよ」

幹次郎は冗談を言い合う客の群れの背後をゆったりと進み、花魁道中とすれ違いかけた。

高尾が外八文字《そとはちもんじ》をゆったりとした間合で艶《えん》に踏みながら、幹次郎に視線を向けて、目顔《めがお》で会釈をした。

幹次郎も、

（戻って参りました）

と無言で挨拶を返した。

「おお、見たか。高尾がおれに挨拶をしたぜ」

「ばかを抜かせ、おれに会釈したんだよ。今宵の床はこのおれとと目顔で訴えたのよ」

素見の男たちが言い合った。

花魁道中の登場で仲之町の賑わいが華やかにも勢いづいた。振袖新造には桜《さくら》季《ぎ》と涼夏《すずか》のふたりがいたが、遠助の傍らに立つ武士が幹次郎と知って、驚きの眼差しを送った。

幹次郎はあとで会いに行くと目顔と仕草でふたりに伝えた。

幹次郎一行が水道尻の番小屋に向かい歩いていくと芸者や幇間《ほうかん》を束ねる見番の小吉《こきち》老人に出会った。

「お戻りなされましたか」

とすべてを呑み込んだ風の小吉が言った。

「昨日、戻って参りました。小吉親方、それがし、小吉さんに改めて相談がござる。近々に暇を作ってくれませんか」

と願うと、

「八代目の言葉に逆らえる者はただ今の廓にはいませんぜ」

と返事をした。

「八代目とはだれのことでございましょうか」

「むろん神守幹次郎様のことですよ」

「さような話がござるか。己の立場は陰の人、面番所の同心方は塵芥《ちりあくた》同然の裏同心に過ぎぬと思うておりますがな」

「その陰の人が四郎兵衛様の仇を討ったのではないですかな、神守様」

「それがし、この一年余、京に逗留《とうりゅう》しておりましてな。四郎兵衛様の死も江戸に戻って知りました」

「神守幹次郎というお方ならば、京と江戸の間を三、四日で往来するくらい朝め し前でしょうが」

「見番の親方は、なかなか面白い考えの持ち主ですな」

と笑みの顔で応じた幹次郎が、

「最前の約束、お願い致します」

と言い添えると小吉が頷いた。

火の番小屋に新之助《しんのすけ》はいなかった。迷っていると遠助が九郎助稲荷《くろすけいなり》のほうへと歩き出した。幹次郎も澄乃もよろよろと歩く老犬に従うしかない。

「神守様、七代目が見番の小吉さんとふたりでよう話しておられたのを承知ですか」

「ほう、それはいつごろのことかな」

「神守様の謹慎中に四郎兵衛様が見番を訪ねて、ふたりで茶飲み話をしておられました」

「そういうことか」

四郎兵衛が小吉に、八代目を幹次郎に継がせる話を相談したことはあり得ると思った。ゆえに八代目に幹次郎が就くだろうと承知していたのだろう。

「はい、そういうことです」

と澄乃が答えた。

遠助が九郎助稲荷の社の前で止まった。

吉原の遊女にとって、自分の悩みを打ち明けるのに一番人気の稲荷社は九郎助稲荷だ。

幹次郎は、拝礼してなにがしか賽銭箱《さいせんばこ》に投げ込んだ。澄乃は、幹次郎の背後から頭を下げた。

「澄乃、それがしが八代目に就くことをどう思う」

拝殿に向かった姿勢で後ろにいる澄乃に問うた。

「裏同心の仕事の何倍も苦労をなされます」

と澄乃が言い切り、しばし間を置いて、

「されどただ今の吉原で八代目を務められるのは神守幹次郎というお方しかございません」

と付け加えた。

「苦労するであろうことは重々承知じゃ、それがしと姉様、この吉原に、いや、正確に申さば吉原会所の七代目に助けられたのだ。こんどはそれがしが微力を尽くして吉原の改革をなさねば、四郎兵衛様にあの世で合わせる顔がないわ」

「吉原会所の頭取になりたくてなるのではございませんので」

「さあて、その辺りは自分にも分からぬ。言えることは、脱藩以来、仕える主のない独《ひと》り者として生きてきたのだ。三千の遊女にそれを支える何倍もの住人がいる官許の遊里の頭取になることがどのようなことか、未だ分かっておらぬ」

「正直なお気持ちかと存じます。繰り返しになりますが、ただ今の吉原でこの役目を果たせるのは神守幹次郎様ご一人《いちにん》です」

「えらく持ち上げおるな」

と苦笑した幹次郎に、

「八代目になるお方、なんぞ私にお役目がございましょうか」

と澄乃が質した。

「新旧七人の町名主の身許《みもと》を洗ってくれぬか。念のため断っておくが、だれにも怪しい節は見えぬ。だが、念のためだ」

「分かりました」

と澄乃が即答した。

「澄乃、そなたの口ぶりだとすでに身許を洗ったか」

「いえ、下調べ程度にございます」

と断った澄乃が、改めて調べ直すと約束した。

遠助はいつの間にか京町二丁目と羅生門河岸《らしょうもんがし》の間の木戸の前に佇んでいた。京二に戻ろうか、切見世の羅生門河岸を行こうか、迷っている風でもあった。

幹次郎は遠助に任せることにした。すると遠助が羅生門河岸を北へと向かって歩き出した。

「おや、どぶ板のワンころは会所の遠助かえ」

とか細い声がした。胸でも病んでいるような弱々しい声だ。

「いつき姐《ねえ》さん、澄乃ですよ」

と遠助の背後から澄乃が声をかけた。

「どう、加減は」

「この暑さが乗り切れるかね」

「夏はまだ続くわ。少しでも頑張って生きてよ、なんでもいいから口にして元気を出して。遠助が悲しがるわ」

「ああ」

と言いかけたいつきと幹次郎の目が合った。

しばらく無言で幹次郎を見ていたいつきが、

「魂消《たまげ》たよ。澄乃さん、おまえさんの師匠じゃないか。謹慎は」

と言いかけ、慌てて黙り込んだ。

「ようよう懲罰は解けもうした。心配をかけたな」

「汀女先生の旦那さんよ、局見世の女郎がおまえ様の身を案じたとて、なんの助けにもなりますまい。うちらは女郎であって並みの者ではないよ。それも一ト切百文でようよう生きている輩《やから》だ、遠助以下のくずったれさ」

といつきが言い放った。

「いつきさんや、羅生門河岸や西河岸《にしがし》がなければ官許の吉原とはいえまい。人間生きておる中に、いい時もあれば不運な時節もあるものじゃ。澄乃が申すようになんでも食してな、元気でいよ」

幹次郎はいつきに二朱《しゅ》を黙って渡した。

そのとき、幹次郎は八代目になった四郎兵衛が最初になすべきことを思いついた。そのようなことができるかどうか、幹次郎を八代目に容認した町名主の反応をちらりと考えた。が、この程度のことができずにどうすると己を鼓舞《こぶ》した。

四半刻後、幹次郎と澄乃は天女池《てんにょいけ》の野地蔵《のじぞう》にお参りして、背後に立つ葉桜の木を見上げた。芳野楼の楼主早右衛門が殺されて、首を吊ったように見せかけられたのが、この桜の老木の枝だった。

幹次郎は桜の木にも手を合わせ、

(早右衛門様、力を貸してくだされ)

と願った。

「神守様の八代目披露はいつでございますか」

「三浦屋様は、二日ほどのちと考えておられるようだ」

「なんぞ懸念がございましょうか」

「懸念を言い出せばキリがあるまい。だが、もはや後戻りできぬ、とこの見廻りをやって覚悟を決めた」

「ようございました」

と澄乃が安堵の声を漏らした。

澄乃と遠助の案内で幹次郎が三浦屋の裏口から入っていくと、西河岸の切見世女郎から三浦屋の女衆に鞍替えしたおいつが框に腰かけて煙管《キセル》を吹かしていたが、

「ようやく顔を見せに来られましたかね」

とにっこり笑った。

「久しぶりかな、おいつさん」

「おまえ様のいない吉原にはろくでもない輩がはびこるよ。裏同心としてしっかり仕事をしておくれよ」

とおいつが言うところに遣手のおかねが二階から下りてきて、

「おいつさん、神守様はもはや裏同心なんて御用は女裏同心の澄乃さんに任せてさ、手を出さないそうだよ」

「どういうことだい、吉原会所を辞めるのかね、おかねさん」

おいつの問いにしばし間を置いたおかねが、

「旦那にしばらく黙っていよと釘を刺されたんだがね、こんな話、黙っていられるかえ」

と言った。その言葉においつが素早く反応した。

「えっ、また神守の旦那は吉原から放り出されるのか」

「そんな話じゃないよ」

「じゃあ、どんな話だえ」

おかねが幹次郎を見た。

幹次郎は無言を通した。

「ということはここには神守幹次郎の旦那はいないということだね」

と自問自答したおかねが、

「おいつさん、神守幹次郎ってお方が吉原会所の八代目の頭取になるんだよ」

「はあー」

と返事をしたおいつが黙って幹次郎を見た。

しばらく無言がその場に続いた。

「久しくこんな嬉しい話は聞かないよ。おかねさん、嘘だなんて言わないでよ」

「虚言じゃないよ、真も真だよ」

その場にいた女三人、おいつにおかね、そして澄乃が満足げに大笑《たいしょう》した。

幹次郎は黙って聞いていた。

夜見世《よみせ》の刻限だ。もはや桜季や涼夏に会えぬかと思っていた。そこへふたりの振袖新造が飛んできて、

「神守様、お会いしとうございましたよ」

と桜季が言った。

「それがしもそなたらの顔を見に来たかった。花魁に許しを得て出てきたか」

「高尾花魁もゆっくりと神守様とお話がしたいと言うておられました」

「さようか。最前、花魁道中の折り、そなたらの顔を見たらしっかりと御用を務めて参ったと分かった。よいか、高尾太夫には近々にも汀女といっしょに話をする機会があろうと伝えてくれぬか」

「はい、そうします」

とふたりの振新《ふりしん》が座敷にまた急ぎ戻った。

三浦屋を出た幹次郎と澄乃は、仲之町に戻り、火の番小屋を見た。すると腰高

障子が半分ほど開いていた。

「新之助さんに会っていきますか」

「そう致そうか」

と幹次郎が答えたとき、松葉杖の先で障子が開かれ、新之助が手を振った。

「元気そうでなによりだ、新之助」

火の番小屋に入った幹次郎が声をかけた。

「神守様のいねえ吉原があれほどつまらないとは夢にも考えませんでしたぜ。もう神守様はどこにも行かねえよな」

「なんぞ噂を聞いたか」

「吉原というところ、世間より話が飛ぶのが早いところだ。あの話、真ですか」

と質した。

「なんの話か知らぬが、廓内の噂はよう当たっておるでな」

へっへっへへ

と笑った新之助が、

「おい、澄乃さんよ、おれたちが知る御仁が吉原会所の八代目だとよ。これ以上喜ばしい話はあるか」

「どこへ行ってもこの話で持ち切りよ。ということは、流言飛語《りゅうげんひご》の類ね」

「なんだ、そのりゅうげんなんとかは」

「間違った話ということよ」

「おい、まさか」

しばし間を置いた澄乃の両眼からぽたぽたと涙が落ちて、

「新之助さん、嬉し涙よ」

と澄乃が言い、新之助が松葉杖をがたがたと鳴らした。

第二章　煙草入れ

一

吉原会所の坪庭に芙蓉《ふよう》の花が咲いた。

昼見世《ひるみせ》前の刻限だ。

八代目頭取の四郎兵衛は、涼し気な夏衣《なつごろも》の着流しで腰に煙草入れを差していた。とはいえ、八代目の頭取にして陰の人神守幹次郎は、煙草吸いではない。四郎兵衛を務める折りに、大小を差すわけにはいかない。そこで京を去る際にいささか大きな煙管が革鞘《かわざや》に入った煙草道具を見つけ、購《あがな》っていた。

自分のためではない。だれぞの土産のひとつにしようとしたのだ。

伊勢亀の船の荷が柘榴の家に届いた折りに、幹次郎はこのそれなりの重さのある一尺（約三十センチ）余の銀煙管を自衛の防具として使おうと思い立った。

そんな銀煙管をいじっていると、

「八代目、三浦屋のご隠居様と九代目に就かれた四郎左衛門様親子が参られましたぜ」

と番方の仙右衛門が知らせてきた。

父子が戸惑った様子で吉原会所の奥座敷に入ってきて、

「よう参られました」

と八代目四郎兵衛が父子に話しかけた。

吉原会所の仮頭取としてこの一年弱、務めてきた隠居が自らの戸惑いを隠すように、

「ほうほう、長いこと八代目を務めてこられたような落ち着きと貫禄がございますな」

と微笑みながら応じて、座敷のどこに座そうかと一瞬迷った気配を見せた。

両者はこれまでと異なる立場で奥座敷に対面しようとしていた。

こたび神守幹次郎が八代目の新頭取に就き、三浦屋でも嫡子《ちやくし》の将一郎が老舗の大楼三浦屋の主になり初めて対面していた。となると先代の三浦屋はもはや肩

書のない隠居でしかない。この数日、三浦屋では廓内の老舗の妓楼や引手茶屋の主、その親戚筋を集めて、九代目の披露が行われた。むろん新頭取の四郎兵衛も招かれていた。

「四郎左衛門様、三浦屋さんの主に就かれて慣れられましたかな」

と四郎兵衛が四郎左衛門に笑顔で問うた。

むろん物心ついた折りから官許の吉原に出入りしていた将一郎だ。だが、この十年余は意識して廓の三浦屋を訪れることなく、根岸《ねぎし》の別邸で三浦屋の売り上げの勘定やら、病の遊女たちの世話をなす、裏方を務めていた。

一方、四郎兵衛こと神守幹次郎は、御免色里との付き合いは十年にも満たない。だが、先代の四郎兵衛らへの助勢や、裏同心という陰の者として実際の歳月で得られる何倍もの吉原のあれこれを経験していた。そんなふたりが吉原の第一線に立つことになったのだ。

ついでに記しておけば、神守幹次郎が京に密かに加門麻と出かけて不在の間、将一郎は幼馴染にして従妹《いとこ》の奈乃《なの》と所帯を持ち、ただ今奈乃はお腹《はら》にやや子を孕んでいると、汀女から幹次郎は聞かされていた。そんなわけで三浦屋の主は、当分の間は、根岸の別邸から吉原に通ってくることになっていた。そして、吉原会所の当代頭取の神守幹次郎もこれまで通り柘榴の家に居住すると汀女や麻と話し合い決めた。

「いえ、私、これまで根岸に住まいして三浦屋の裏の仕事を地味にこなしていましたので、正直戸惑うことばかりで、夜、落ち着いて寝ることもできません。それに比べて神守様は、いえ、ここでは八代目頭取四郎兵衛様でしたな、もはや何年も前から吉原会所を事実上率いてこられました、西国《さいごく》の大名家の家士《かし》がようも短期間に吉原の暮らしと仕事を熟知された、さすがうちの親父方が認めた御仁と感心しております」

「三浦屋さん、それは見かけだけでございましてな、奥山《おくやま》の芝居小屋で急に舞台に立てと命じられたようで落ち着きません」

と四郎兵衛こと神守幹次郎が苦笑した。

新しい吉原会所の頭取と三浦屋の主は、ほぼ年齢がいっしょだった。これから長い付き合いになるはずだった。

四郎兵衛の眼差しが三浦屋の隠居に向けられた。

「ご隠居、私どもが頼りなく見えることでしょうな。『座を代われ』と言いたげですな」

「とんでもない。私はもう十分に廓の主を務めて参りました。根岸の別邸の敷地に小体《こてい》な隠居所を何年か前に設けておりましてな、古女房とのんびり暮らせるのが楽しみですよ」

「ご隠居の名はどうなされましたな」

三浦屋の先代が隠居名をどうするか迷っているのを四郎兵衛は承知していた。

「根岸の郷の隠居ゆえ、根郷《ねさと》とつけました」

「根岸の住人ゆえ、根郷様ですか、粋にして渋い名を思いつかれましたな」

「いえね、なかなか隠居の名が浮かばず、汀女先生に相談しようかと思いましたが、隠居の名くらいで多忙な汀女先生を煩《わずら》わすこともないと思い、いささか田舎くさい隠居名をつけました」

「根郷翁、どっしりとしたよい名ではございませんか」

「いやはや、隠居になるのも大変でしてな、親子で八代目に挨拶に参るのにいささか日にちが経ってしまいました、すまんことです。その間に、八代目はすっかり吉原会所の主然として貫禄が漂っておられます、大したものです」

と根郷がいささか戸惑いを見せながらも、繰り返し同じ言葉で当代を褒めたものだ。

その場に四郎兵衛と四郎左衛門と根郷の他に番方の仙右衛門が加わり、四人で対面していた。そこへ玉藻が女衆と茶菓を運んできて、

「三浦屋の大旦那様、いえ、ご隠居さんの根郷様でございましたな、どんな気分でございますか、ご隠居と呼ばれるのは」

と吉原会所の奥座敷の客になった隠居に問うた。

「最初はな、寂《さび》しかろうと思っておりましたが、歳相応、晩年の暮らし方としては根岸の隠居所がよいような気になったところです」

と根郷翁が言った。

「三浦屋のご隠居、それはなによりでございます。さような気分を亡き父に一日でも味わってもらいとうございました」

と不遇《ふぐう》の死を遂げた七代目の四郎兵衛に玉藻が触れた。

「玉藻さん、そのことです。この私と七代目の頭取は、近い将来に隠居してのんびりと荒川の上流に舟で行き、釣りなんぞを楽しみましょうかな、と言い合ったことを思い出します。私が無念なのはそれができなくなったことですよ」

「ごめんなさい。私、つい父のことを持ち出してしまいました。三浦屋のご隠居、八代目、吉原会所の頭取は命を張った職ということを娘の私は忘れておりました。

そんな職を神守幹次郎様に継いでいただいた。一番喜んでおるのは、あの世の父でございます。でも、八代目、いくら官許の吉原とは申せ、どうか汀女先生を悲しませるようなことだけはなさらないでください」

と願うと玉藻と女衆が座敷から姿を消した。

しばしその場を重い沈黙が支配した。

「先代、私め、何かと戸惑うことや迷うことが生じようかと思います。その折りには、根岸の隠居所を訪ねて、お知恵を拝借してもようございますか」

と四郎兵衛が雰囲気を変えるために話柄《わへい》を変えた。

「神守様、いやさ、当代の四郎兵衛様が隠居所に参られる、大いに歓迎致しましょうぞ」

と根郷が応じて、それまで問答に加わることを遠慮していた風の番方の仙右衛門を見た。

「どうだな、番方。頭取も五丁町の町名主も若くなって、張り切っておるのではないかな」

「わっしはまず先代三浦屋様を隠居と呼びたくございませんでね、いえね、これは当代がうんぬんという話ではありませんぜ。当代三浦屋様の才と力は、わっしが承知だ。わっしが先代を隠居扱いにしたくないのは、不意に親父がいなくなった倅の気分でしょうかね」

「先代も隠居も現役を退いた意だ、番方がどう呼ぼうと当代は気にもかけまい。それだけの覚悟を持っておる」

と根郷翁が言い切った。

「番方は、私の八代目時代をほぼいっしょに生きてきたからな、実の親父は早くに身罷ったゆえ、そんな気分かね」

と言う根郷翁に番方が、

「わっしはこれまで通りの働きでようございますかね」

と当代とも先代ともつかずに質した。

四郎兵衛が根郷翁を、

(どうですね)

という風な顔で見た。

「八代目、私は隠居の根郷です。当代の右腕に注文などありませんな」

その返答に仙右衛門が当代の四郎兵衛を見た。

「番方、これまで通りの務めぶりで十分ではありませぬか。それより番方のほうに新参者の八代目に注文はございませぬかな」

　と四郎兵衛が反対に問い返した。

「吉原会所の裏同心が嶋村澄乃の女ひとりになりましたな。このままでようございますかな」

「だれぞ思い当たる人物がおりますか、番方」

「神守幹次郎というお方に匹敵する御仁がおられれば、お目にかかりたいものですよ」

　という番方の言葉に、

「ならばこの八代目が刀を腰に差した折りは、裏同心の神守幹次郎に戻ったということでいかがですな」

「はい。わっしはその言葉を聞きたかったのでございますよ」

　仙右衛門がにんまりと笑った。そして、

「先代三浦屋様がこの場におられるうちにいまひとつお尋ねしてもようございますか」

　と改めて神守幹次郎こと八代目四郎兵衛を番方が正視した。

「なんですな」

「過日、この座敷で神守幹次郎様の八代目就任が決まりましたな。八代目は五丁町の町名主になんぞ注文がございましょうか。わっしはなんとのう、そんな感じを持ったのですがな」

「ほうほう」

と隠居したはずの先代の三浦屋の主が身を乗り出した。

「親父、三浦屋の楼主といっしょに京町一丁目の町名主を継げと言ったのは親父ではなかったか」

と当代の三浦屋四郎左衛門が隠居に注文をつけた。

「おお、そうでしたそうでした。だがな、私が現役の折りの差し障りならば、この場で聞くくらい許されぬか」

と隠居の根郷が言い出した。

「ううーん」

と唸った当代四郎左衛門が四郎兵衛を見た。

「さすがに番方、私の悩みを察せられましたか」

「いえ、最初に察したのは澄乃ですよ」

その返答に得心した四郎兵衛が、

「五丁町の町名主をもうひとり増やせぬかと思いましてな、迷っております」

「なに、五丁町の町名主を七人からさらに増やしますか。はは あ、八代目が町名主に加わりますかな」

と隠居の根郷が応じた。もはや倅の当代は苦笑いしただけだ。それより四郎兵衛の申し出に関心を寄せた。

「五丁町とは元は旧吉原に模《も》した、京町一丁目、京町二丁目、角町、江戸町一丁目、江戸町二丁目でしたな。さらに揚屋町と伏見町が加わって七つになっても五丁町の呼び名はそのまま、五丁町といえば官許の吉原のことを指しますな。その中にもうひとつ町が加えられないのかと思いました」

「ううーん」

と唸ったのは根郷だ。

「どこぞに、新たにもう一町設けますか」

「ご隠居、すでにございます」

「なに、ありますか」

と根郷が首を捻り、番方と当代の三浦屋四郎左衛門が合点《がてん》し、

「五丁町の町名主がまた揉めそうな」

と番方が呟いた。

「仙右衛門さんや、どこにその一町があるか、教えてくだされ。この隠居にな」

「八代目がお考えなのは、羅生門河岸と西河岸ではありませんか」

「おお、切見世の抱《かか》え主《ぬし》を五丁町の旦那衆のひとりに加えますか。これはかなり厄介ですぞ、八代目」

と根郷が口にした。羅生門河岸や西河岸にある長屋造りの切見世の間口はわずか四尺五寸（約一メートル四十センチ）、座敷は畳二枚だけだ。この切見世を束ねる主は妓楼の主とは呼ばず、抱え主とだけ蔑《さげす》むように称された。

「いえ、それがし、切見世の抱え主ではのうて、羅生門河岸と西河岸から一年交代でひとりずつ遊女を加えるのはどうかと考えたのでございます」

「神守幹次郎様は、足抜《あしぬき》しようとしたうちの振袖新造の桜季を西河岸に落とし、さらに三浦屋の新造に戻すという荒業を発揮なされましたな。あの伝《つて》でだれぞ局見世の女郎を五丁町の集いに加えたいと申されますか」

「はい」

と応じた四郎兵衛はしばし間を取った。

「五丁町にも大籬、半籬《はんまがき》（中見世《ちゅうみせ》）、総半籬（小見世《こ》）とそれぞれ楼の格式がございますな。正直申して、羅生門河岸、西河岸は、私ども古い吉原者からすると五丁町の範疇《はんちゅう》にはございませんでした。番方が言われたようにそれを五丁町の旦那衆に得心させるのはえらく難しゅうございましょうな」

と隠居の根郷が現役のころに戻ったような口調で言い切った。

「ご一統様には釈迦《しゃか》に説法、ど素人が何を言うか、との返答が返ってくるのが目に見えております。

されど、京間百八十間と百三十五間の五丁町は、鉄漿溝《おはぐろどぶ》と高塀に囲まれた二万七百余坪の敷地にございます。廓の隅には九郎助稲荷、開運《かいうん》稲荷、榎本《えのもと》稲荷、明《あか》石《し》稲荷の四稲荷があり、五丁町は護《まも》られてございます。

羅生門河岸と西河岸の切見世は、四稲荷のお護りの中にあるにも拘わらず、ただ今の五丁町から見れば、なきに等しい見世にございますな。ですが、三浦屋さんの振袖新造が身をもって体験した西河岸の切見世は厳然とあるのです。

頂《いただき》を極めた花魁衆ばかりが吉原の遊女ではありますまい、大半は歳を食って客がつかなくなった折りには、切見世に落とされます。私、この切見世の改革を性急に五丁町の旦那衆に切り出そうとは思うておりません。じっくりと腰を据えて、切見世に灯りを当てとうございます」

と八代目の四郎兵衛が一気に言い切った。

根郷は黙り込んだままだ。

一方、三浦屋の当代の四郎左衛門は、

「八代目の考えを聞き捨てにはできませぬ。私ども、うちの楼の桜季の、西河岸での経験を活かしておりませぬ。西河岸と羅生門河岸に光を当てることで官許の吉原の評価が上がりましょう。ただ」

と四郎左衛門が言葉を止めた。

「三浦屋さん、切見世の抱え主がどう反応するか、案じておられますか」

「八代目はそのことも考えた末にこの話を持ち出されましたか」

「はい、五丁町の町名主を説得するよりも難しいのは切見世の抱え主をどう説き伏せるか、でしょうね。一ト切百文で稼げるだけ稼がせる抱え主は、羅生門河岸や西河岸に光を当てるならば、自分たちの中から町名主を選べと言いましょうな」

「えらいことを考えなすったな」

と隠居の根郷が言い放った。

「八代目は、何から手をつけようと考えておられますな」

と番方の仙右衛門が口を挟んだ。

「まずは河岸のどぶ板の掃除から手をつけようかと思います」

「うーむ、八代目は真剣ですな。驚きましたぞ。もはや隠居の私が出る幕はありませんな。なんぞやることが出てくる折りには、やらせてもらいましょう」

と根郷翁が立ち上がった。が、当代の四郎左衛門は動く気配がなかった。それを見た根郷翁が、

「わしは大門前から駕籠を雇って根岸の隠居所に戻るでな」

と辞去の挨拶をした。

「根郷翁様、最前申しましたが、必ずやお知恵を借りることが生じます。その折りはよろしくお付き合いください」

「分かりました」

と応じた根郷を四郎兵衛が見送りに出た。

吉原会所の土間には遠助がいるだけだった。昼見世が始まり、小頭らは大門やら廓内の見廻りに出ていると思えた。

「八代目、もう一度念を押しまする。この話、本気の取り組みですな」

「この程度ができなければ八代目の頭取とは申せますまい。どなたか代わりを探

すのが私の最初の御用にして最後の務めとなります」

「分かった」

と言った根郷翁が、

「私も考えてみますがな、八代目の望みに適った知恵が浮かぶかどうか」

と首を捻りながら笑い、四郎兵衛が頷いた。

奥座敷に戻ると三浦屋の四郎左衛門と番方の仙右衛門が真剣に何ごとか話し合っていた。

「親父はなんぞ言い残していきましたか、八代目」

「本気の話かと念押しされました。ゆえに本気だと答えました」

「親父はなんと」

「知恵を出してみると言い残して大門前から駕籠に乗って根岸に戻られました」

しばし沈思した四郎左衛門が、

「年寄りがしゃしゃり出てくることはいいことか、悪しきことか」

とぽつんと呟き、

「なんであれ、この一件、目処《めど》が立つまで三人でしばらく内緒にしておきましょうか」

と吉原生まれの番方が応じて、四郎兵衛が頷いた。

二

八代目四郎兵衛は、独り夜見世前の見廻りに出ようとして奥座敷から会所に現われた。

着流しに夏羽織を羽織った形《なり》だ。

会所にいた女裏同心の嶋村澄乃が、

「お供致しますか」

と訊いた。

「いや、ふらりと廓内をぶらつくだけだ。そなたの力を借りることもあるまい」

と応じた四郎兵衛が何気なく会所の土間に横になっていた老犬の遠助を見た。

「暑さが応えているようじゃな」

「この夏は格別です。見廻りから戻ってくるとあのように冷たい土間にいつまでも横になっております」

と澄乃が切なげに遠助を見た。すると澄乃の話が分かったか、横になったまま目をゆっくりと開いて四郎兵衛を見た。

「昼間見廻りに行ったのであろう。休んでおれ」

との四郎兵衛の言葉を聞いた遠助がゆったりとした動作で起き上がり、伸びをした。

「なに、澄乃の代わりに付き合《お》うてくれると申すか」

四郎兵衛の問いにのろのろと足元に寄ってきた。

「澄乃、遠助を供にしてよいか」

「遠助は、新しい四郎兵衛様がどなたか分かっております」

「ならばいっしょに見廻りに参ろうか」

との八代目の声に、小頭の長吉が腰高障子を開けてくれた。

扇子《せんす》を手にした四郎兵衛と遠助は、会所から仲之町に出た。

待合ノ辻にはそれなりの客がいて、高田村《たかだむら》の植木屋長右衛門《ちょうえもん》が植えた菖蒲を見ていた。

夏のこの時節、廓の見物《みもの》は菖蒲だ。

四郎兵衛は、この費《つい》えが六十両であることを改めて長右衛門自身から教えられ、

「四郎兵衛様、八代目の就任祝いに一割引かせてもらいます」

との申し出を受けていた。

「就任祝いな、着任したばかりの頭取は、六両を頂戴するほどの働きはしておらぬ。苦しい折りにはこちらから相談致す」

と断っていた。

「へえ、そう申されるんじゃないかと思っておりました。ない知恵を絞って、柘榴の家に菖蒲を届けてございます。こちらは生ものでございますで、お断りだけはお許しくだされ、時節の花を汀女先生や麻様と楽しんでくだされ」

と長右衛門に頼まれた。すでに弟子のひとりが柘榴の家を訪れて、庭の一角に菖蒲を植えてくれたという。そんなことを思い出していると、面番所から南町奉行所の隠密廻り同心、長い付き合いの村崎季光が歩み寄ってきて、

「裏同心と呼ばれた男が官許の吉原遊廓の八代目四郎兵衛とは、それがし、なんとも落ち着かぬわ」

と正直な気持ちを吐露した。

吉原会所の監督差配は町奉行所の隠密廻り同心ゆえ、頭取も呼び捨てにする。だが、実質的には、廓内のことは吉原会所が仕切り、面番所にはそれなりの金品が渡されている。

「村崎様、どなた様が落ち着かないと申されますかな」

強いて四郎兵衛が尋ねた。

「そりゃ、わしに決まっていよう。何年前になるか、どこの馬の骨か知れぬ夫婦者が先代の四郎兵衛のひと言で、わしらの向こうを張って会所の用心棒になったと思うたら、こたび、なんと八代目の四郎兵衛となりおった。魂消たなんてもんじゃないぞ。いいか、神守幹次郎、これまで以上に丁寧にな、わしとの付き合いを致せ」

と村崎同心が言った。

「村崎様、私とて戸惑う八代目就任でございますよ。とは申せ、先代と大きく違うことがございます。そのことをひと言申し上げておきとうございます」

「ばか丁寧な口調で言われると小ばかにされているようで腹が立つ。なんだ、先代と違うこととは」

「老舗の大籬三浦屋の番頭《ばんとう》四郎兵衛が、成り行きで初代の吉原会所の頭取を務めた経緯《いきさつ》ゆえ、吉原会所頭取は以後すべて吉原の関わりの方々でございますな」

「おい、わしをなんと思うておる、さようなことは重々承知しておるわ」

「いえ、これからが村崎様が勘違いをなさらぬように申し上げたき一事です。先代は引手茶屋の山口巴屋と浅草並木町《あさくさなみきちょう》の料理茶屋山口巴屋の主にございました。一方、どこの馬の骨とも知れぬ夫婦者の出は西国のさる大名の下士でございましてな、なんの因果《いんが》か八代目に就きましたが、引手茶屋や料理茶屋の主ではございません」

「最前からわしの存じおることばかりを並べ立て、何が言いたい」

「八代目のこの私、先代のご厚意で柘榴の家なる小体の家一軒を所持する元馬の骨、家に内蔵《うちぐら》もございませんし、千両箱などありません。すかんぴんの八代目と言いたいのでございます、村崎様」

四郎兵衛の言葉を聞かされた村崎が、ううーむ、と唸った。

「たしかにそなたは妓楼の主ではなし、わしと同じく分限者ではないな」

「はい、そのことを村崎様には格別に承知しておいてほしいのでございますよ」

「つまりわしに余得《よとく》などないと言うておるのか」

「いかにもさよう。なんなら財布の中身をお見せしましょうか」

との四郎兵衛の言葉に、しげしげと八代目を見た村崎が、

「白扇に煙草入れか。おい、武骨な煙草入れなど携《たずさ》えて、そのほう煙草を喫さなかったのではないか」

「よう覚えておられましたな。いかにも煙草は吸いません。いきなり謹慎明けの裏同心から吉原会所の頭取と言われても、どなた様かと同様に皆様信用なさりませぬな。そこでそれがし、先代の煙草入れを真似て腰にかような物を携えてみました。なんとなく頭取に見えませぬか」

「野暮《やぼ》ったい煙草入れを差したとて急に、頭取とか、八代目と呼べるか」

と言った村崎同心が不意に気づいたように、

「そのほう、たしかに分限者ではない。だがな、官許の吉原会所となれば妓楼や引手茶屋など何百軒もの見世がそのほうの支配下にあるわ。わしが知恵を授けよう、数年内には千両箱のひとつやふたつ、寺町の家の床下に隠しておけるようになる。どうだ、わしと手を組まぬか、さすれば」

「村崎様、その先は申されますな。仲之町は廓の表通りですぞ、ようもさようなことを口にできますな。ただ今の話、この四郎兵衛、すべて聞かなかったことに致します。南町奉行の耳に入れば、そなたは奉行所から永久に放逐《ほうちく》されますぞ」

と言い放った四郎兵衛が、

「遠助、参ろうか」

と仲之町の奥へと歩き出した。

「あやつ、裏同心の折りから何も変わらんな、立場を利用するのが世を渡る知恵というものだ」

と呟く村崎同心に近寄った者がいて、耳元で、

「村崎様よ、うちの八代目を悪銭《あくせん》稼ぎに誘い込もうなんて、やめておくことですな。おまえ様のたった今の話を、会所の者が何人も耳にしているんですぜ。なんならおれがこの足で数寄屋橋《すきやばし》に奔《はし》り込みやしょうか」

と囁《ささや》いた。

「ま、待った。番方、仙右衛門、ありゃ、冗談に決まっておろうが」

「冗談ですかね、まともな話に聞こえましたがな。いいですかえ、吉原会所の番方の道楽は、日々の細かい話まで日録《にちろく》に書き留めることでしてね、本日の話も細かく認めて、この話を聞いた人間の名まで付け加えておきますぜ」

「おい、番方、わしを脅《おど》す気か」

「いえ、脅しなどしていません。八代目の四郎兵衛様はおまえ様とは違い、他人の戯言《ざれごと》を決してお聞きにならないお方ですぜ。甘くみるとえらい目に遭うと忠言しているんですよ。お分かりですかえ」

「わ、分かった」

と村崎同心が慌てて面番所に戻っていった。

「ちえっ、あやつの使い方、この先あるかね」

と番方が呟いたとき、四郎兵衛と遠助は、仲之町の中ほどを歩いていた。すると引手茶屋の女将連や男衆から、

「八代目頭取、四郎兵衛様、と呼ばれることに慣れられましたか。私どもも、つい神守幹次郎様とお呼びしようとして、慌てて八代目とか四郎兵衛様と頭の中でおさらいしてから口にしておりますよ」

とか、

「いやね、三浦屋も若返って、吉原が何か節目を迎えているようですな、商いがいい方向に向かうといいのですがな、こりゃ、八代目と当代の三浦屋さんの主様のお力次第ですな、よろしくお願い申しますよ」

などと声がかかった。

四郎兵衛も、

「三浦屋さんの跡継ぎは物心ついた折りから吉原のことを裏表承知しておられます。ですが、こちらは、ご一統様がご存じのように成り上がりにございます。どうかこれまで以上にご指導、ご鞭撻《べんたつ》のほどよろしく願い奉《たてまつ》ります」

「八代目から願い奉られては、私ども返答のしようもありませんよ」

と返事が返ってきた。

先代の四郎兵衛は、廓者ですらしっかりと把握《はあく》していないほど、長く吉原会所の頭取を務めてきた。それだけに廓者ではない神守幹次郎が、八代目頭取に就いたと知った吉原では、

「知多者でもない、廓育ちでもない侍《さむらい》上がりに務まるかねえ」

という一派と、

「いや、これまでの裏同心神守幹次郎様の働きぶりを見れば、吉原を改革するに相応《ふさわ》しい人材ですよ」

という考えの者たちの二派に分かれていた。とはいえ、五丁町の町名主が決めた人選だ、表立って異を唱える者はいなかった。

そのとき、チャリン、と鉄棒の音が仲之町に響き、定紋入りの箱提灯が淡い灯りを点《とも》して、三浦屋の高尾太夫の花魁道中が始まった。

遊客や素見連からどよめきが起こった。

薄墨太夫が落籍《らくせき》された今、当代の高尾が吉原三千人の遊女の頂《いただき》に立っていた。長柄傘《ながえがさ》の下、前結びの帯に打掛《うちかけ》姿も華やかに高尾が仲之町に姿を見せて、艶《あで》や

かな外八文字を踏む。まさに、

「全盛は花の中行く長柄傘」

と柳多留《やなぎだる》に詠まれた光景であった。

大勢の男たちの眼差しが高尾太夫に注がれていた。

四郎兵衛はゆったりとした花魁道中を避けて遊客たちの後ろに遠助を連れて退《すさ》った。そこは七軒茶屋の一番奥にある引手茶屋、山城京屋《やましろきょうや》の軒下だった。

かような花魁道中に慣れた遠助は、四郎兵衛の足元に座った。

長身の四郎兵衛は、客の頭越しに高尾の花魁道中を見ていた。そして、清掻の爪弾きに合わせて三枚歯の下駄が仲之町の地面を、
スス、スーッ
と掃《は》いていくとき、高尾太夫の眼差しが四郎兵衛に向いた。

四郎兵衛は遊客に分からない程度に、軽く会釈をした。

高尾の動きが止まった。

眼差しがしっかりと四郎兵衛に向け直された。

「吉原会所八代目頭取四郎兵衛様。

こたびのご就任おめでとうござんす。官許の色里吉原にはあれこれとご苦労や

難儀が待ち受けておりましょうが、どうかわちきらのため、御免色里のため、ご助勢よろしゅうお願い奉ります」

と遠くまで伝わる爽《さわ》やかな声音で願い、頭を下げた。

花魁道中の最中、吉原会所の頭取就任の祝いの言葉をかけられるとは、さすがの四郎兵衛も努々《ゆめゆめ》考えもしなかったことだ。

しばし間を置いた四郎兵衛が、

「花魁道中の主様に申し上げ候《そうろう》。高尾太夫を頂点にした三千余人の美姫《びき》のため、芸者衆や幇間衆のため、さらには妓楼や茶屋の主方や使用人方のため、また何よりこちらに集っておられるお客衆のため、この四郎兵衛、文字通りわが一命を賭《と》して御用を務める覚悟にござりまする」

と応じると高尾太夫がたおやかな笑みを四郎兵衛に残して花魁道中を再開した。

「よう申された、高尾太夫」

「八代目四郎兵衛様、しっかりと御用を務めなされ」

と客たちの間から声が飛んだ。

四郎兵衛は遠助を伴い、蜘蛛道《くもみち》に身を潜め、天女池に出た。そこには澄乃がふたりを待ち受けるようにいた。

「四郎兵衛様、番方も花魁道中の主から声をかけられるなど、前代未聞と言われておりました。いかがなお気持ちにございますか」

「いかがもなにも予想外のことだ。全盛を極めたお方ゆえ、言動のすべてが優雅の極みであったな」

「八代目の覚悟のお言葉、女裏同心嶋村澄乃の心に響きましてございます」

と澄乃が答えた。

「澄乃や、新参の八代目を揶揄《からか》いに天女池に参ったか」

「いえ、本心にございます。それにお待ちしていたのは一通の文《ふみ》をお渡しするためでございます」

と澄乃が襟元《えりもと》に深く入れていた書状を出した。

「飛脚で届いたものではなさそうな」

「はい、そうではございません。平沼平太《ひらぬまへいた》と名乗る若いお武家様が吉原会所の半纏姿の私を見て、『そなた、女裏同心の嶋村澄乃と申すか』と念を押されました。頷き返しますと八代目頭取に直に渡してくれとこの文を」

「渡されたか」

文には宛名も差出人の名もなかった。

「若侍の名に覚えはございますか」

「ある」

とだけ答えた四郎兵衛は、なぜ平沼平太は、会ったこともない女裏同心の嶋村澄乃に渡したか、渡すならば番方の仙右衛門ではないのか、とちらりと考えた。同時に、仙右衛門に知られたくない文かとも思った。

「澄乃、この文のことを知る者はそなたひとりじゃな」

と念押しすると、

「はい」

と即答した澄乃が、

「四郎兵衛様は、高尾太夫と問答をなされており、あの場にいたすべての者は、おふたりの問答を注視しておりました。ゆえにだれも」

「相分かった。すまぬがこの場で文を読ませてもらいたい。そなた、遠助と見張っていてくれぬか。だれぞ天女池を訪れるようなれば、知らせてくれ」

と願った四郎兵衛は、桜の老木の下の日陰に転がっていた木株に座して文を披《ひら》いた。

女文字を見たとき、

「お香《こう》」

からの文だと分かった。

六年前、神守幹次郎と汀女は、番方の仙右衛門と若い衆の宗吉《そうきち》とともに老中首《しゅ》座《ざ》松平定信の領地、陸奥白河《むつしらかわ》に向かった。

お香は、若き日の松平定信と昵懇の間柄であったが、屋敷が没落してなんと吉原に売られてきた。その蕾《つぼみ》という禿が松平定信と深い信頼関係にあったことを知った先代四郎兵衛が、妓楼から蕾を買い戻して定信の領地白河に密かに送ったのだ。

先代四郎兵衛がかような行為をなしたのは、万が一吉原になんぞあった場合、松平定信の力に縋《すが》ろうとしてのことだ。

このことを察したのは失脚した田沼意次の残党だった。

陸奥白河に残してきたお香を案じる定信から命じられた先代四郎兵衛は、幹次郎らを定信の領地に送り、田沼意次の残党からお香の身を守らせようとした。

お香は、なんと定信の子を腹に宿していた。そんなお香を幹次郎や汀女らは江戸へと連れ戻そうとした。その折り、五人の若侍が幹次郎といっしょに定信の側《そく》室《しつ》と子を守るために江戸への苦難の旅をなした。

平沼平太はその中のひとりだった。

お香からの文を読んだ四郎兵衛はそれを巻き戻すと、しばし沈思した。

顔を上げた四郎兵衛の目と澄乃の目が合った。

「澄乃、この文のこと、忘れよ。だれにもこのことを告げてはならぬ」

と命じた。

(さてこの時節、お香様から届いた対面の願いは、吉原にとってよきことか悪しきことか)

田沼意次の賂政治のあと、松平定信の寛政《かんせい》の改革は決してうまくいっているとは言えなかった。

「澄乃、遠助と会所に帰っておれ。それがしはしばらくこの場で考えたい」

と告げると澄乃が無言で頷き、遠助と天女池から姿を消した。

仲之町から賑やかな声が聞こえていた。

高尾太夫ではない別の太夫の花魁道中の賑わいか、と思いながら四郎兵衛は考えに落ちた。

お香があの折り宿していたのは女子であり、定信は自ら薫子《かおるこ》と名づけた。そして、その後、神守幹次郎と汀女、それにお香は折々に密やかな交際を重ねてきた。だが、松平定信の寛政の改革と吉原の商いとの利害が正面からぶつかり合うこともあって、次第に吉原会所も神守夫婦もお香や松平定信と距離を置くようになっていた。

久方《ひさかた》ぶりの文であった。書状を披くと、中にあった宛名には、

「吉原会所八代目頭取四郎兵衛様」

とあった。ということは、神守幹次郎その人ではなく、吉原との関わりで対面したいということか。ともあれ、指図された二日後に松平定信の抱《かかえ》屋敷に汀女ともども行く選択しか途《みち》はなかった。

四郎兵衛はゆっくりと木株から立ち上がった。

三

四郎兵衛は西河岸へと回り、ゆっくりと河岸幅三尺（約九十一センチ）あるかなしかの路地を歩いていった。昼間の暑さが漂い、風も吹かぬ狭さゆえ、どぶ板からの異臭が四郎兵衛の鼻をついた。いくら一ト切百文とはいえ、

（なんとかせねばならぬ）

と思った。すると狭い入り口から手が伸ばされ、四郎兵衛の袖を摑んだ。

その女郎は、

（うむ）

という風に戸惑い、声をかけなかった。女郎は手触りのいい単衣の感触に、切見世の客ではないと考えたのだろう。

「すまぬな、会所の者だ」

「なんだい、八代目の見廻りかえ」

と煙草の吸い過ぎで声が嗄《か》れた女郎が言った。袖を離した女郎が、

「裏同心の旦那は、煙草は吸わないやね。立派な煙草入れを見てさ、まさか八代目とは思わなかったのさ」

「これまで腰に差していた道具を差せぬでな、代わりにこんな真似をしてみた。少しばかり刻みを分けようか」

「八代目から刻みを頂戴するかえ、わちきの喉《のど》が魂消ないかね」

「なにしろ煙草の味を知らぬ人間だ。そなたの好みに合うかどうか分からぬぞ」

と言った四郎兵衛は唐桟《とうざん》の煙草入れから刻みをひと摑みして、女郎が取り出し

た使い込んだ煙草入れに移した。

ふたりの問答は小声で交わされていたとはいえ、隣に客がいたとしたら会話を聞かれる。もっとも切見世の客は欲望を満たすために上がったのだ、他人の話を聞く余裕などなかった。

「いい香りだよ、有難うよ、八代目」

「喜んでくれたならば礼などいらぬ」

と言った四郎兵衛は、顔は承知だが女郎の名を覚えていなかった。

「もはや澄乃さんは供をしてくれぬか」

「最前までいっしょだったがな、独りでぶらりと五丁町のあちらこちらをふらついて考えごとをしておったのだ」

「わちきは、元伏見町の小見世にいた小梅《こうめ》だよ、こっちではただ梅と呼ばれているよ」

「梅か、覚えておこう。そういえば甘露梅《かんろばい》作りの季節だな」

「あい、伏見町では台所で拵《こしら》えたがさ、この西河岸ではな」

「さような習慣はなしか」

「百文の客に紫蘇《しそ》と砂糖で漬け込んだ甘露梅は無縁さ。わちきの名に梅が残っているだけだ」

「本式の夏はこれからだ、体に気をつけよ」

と言い残した四郎兵衛は西河岸を榎本稲荷の方角に向かってゆったりと歩いていった。

「裏同心の旦那」と言いかけた別の女郎が、

「八代目に出世したってね。御免色里の吉原でびっくり仰天《ぎょうてん》、魂消た話だよ。でも、わちきらにはなぜか嬉しい話さね」

と言った。

「当人がいちばん驚いて未だ戸惑っている」

「いや、話し方も見た目ももはや八代目そのものだよ」

とたしか五乃《いつの》と呼ばれる女郎が言った。

「せいぜいそなたの言葉のように心がけようか」

と四郎兵衛が答えたとき、騒ぎが起こった。

数軒先の切見世から浪人《ろうにん》風の男が手に塗りの剝《は》げた大刀を摑んで飛び出してきた。その後ろ帯を女郎が必死で摑んで叫んだ。

「遊び代を払っておくれよ」

「遊び代を払えじゃと、おまえ、まるで棒のように寝ていただけではないか。おまえ、いくつだ」

「切見世女郎には歳を訊かぬのが客の心得だよ」

「抜かせ」

と言った浪人が手にしていた大刀の鐺《こじり》で胸を突いて悲鳴を上げた女郎を狭い土間に転がした。

「わしのほうが銭をもらいたいくらいだ」

と言い放った浪人が揚屋町のほうに急ぎ足で向かおうとした。

「待ちなされ」

と四郎兵衛が声をかけたのはそのときだ。

浪人者が振り返り、着流しに夏羽織の四郎兵衛を見て、

「関わりなき者が口を挟むでない」

と言い放った。

「それが関わりございましてな」

「何者か」

「それがしは吉原会所の八代目頭取にございますでな、廓内の遊女への仕打ちは

したかな」

見逃しにできません。そなた、切見世に上がって、前金にて支払いはしませんで
「四郎兵衛様、前金を願いましたが、銭はこの通り持っておると、重い財布を枕元にどんと投げ出されましたので、つい」

と切見世の女郎にしては若い女が言い訳した。

「前金の支払いを受けなかったと言うか。切見世の仕来たりを知らぬわけではあるまい。前金を頂戴せぬそなたにも落ち度がある」

と言った四郎兵衛に、

「ならばそれがし、立ち退いてよいな」

と浪人が立ち去る体《てい》を見せた。

「女郎のしくじりと揚げ代を払わぬ話は別にございますよ。おまえ様、重い財布から一分《ぶ》とは申しません、二朱を支払ってくだされ。さすれば大手を振って大門を出ていかれてもようございます」

と四郎兵衛が言った。

「二朱じゃと。一ト切は百文と決まっておろう。それを五倍も取ると抜かすか」

一ト切とはただ今の時間でおよそ十分だ。だが、女郎も必死で客の滞在を長引

かせるように手練手管《てれんてくだ》を使った。「お直し」と称する延長料金を取るためだ。

四郎兵衛は、当然、お直しがあったと見ていた。

「ほう、切見世のお代をよう承知ですな。しかし、事を済ませ支払わずに切見世の外に一歩出られた客は客とは呼べません。盗人同然の行いには、支払いは十倍にございますよ」

と言い切った。

「おのれ、いつからさような仕来たりができた」

「ただ今、おまえ様と話しておるうちに八代目四郎兵衛が設けました」

「おのれ、許せぬ。武士に向かってなんたる雑言《ぞうごん》、叩き斬って遣わす」

「どうやら最初からただ遊びをする気で切見世に上がりましたか。重い財布には、鉄くずの類が入っておりますかな」

四郎兵衛と無法な客との問答を西河岸の女郎や客が耳を欹《そばだ》てて聞いていた。

浪人者が手にしていた刀を腰に差し戻すと、鯉口《こいぐち》を切った。

「おお、あやつ、八代目の出自を知らねえな、面白くなったぜ」

とどこかの切見世の無双窓《むそうまど》を薄く開けた奥から客の声が聞こえてきた。

「この四郎兵衛をお斬りになる。となるとお代がさらに跳ね上がりますがよろしいか」

「あれこれと小煩《こうるさ》いわ。その口、封じて遣わす」

と刀を抜いたまではよかったが、なにしろ三尺あるかなしかの幅の路地、どぶ板の上だ。見たところ刃渡り二尺四寸（約七十三センチ）はある大刀を自在に振り回せない。そこで浪人者は刀を突き上げるように上段《じようだん》に構えようとした。

その動きを見ていた四郎兵衛が銀の長須磨形雲龍彫《ながすまがたうんりゆうぼり》の長煙管一尺一寸（約三十三センチ）を革鞘の筒から抜くと、すすっ、と間合いを詰めて銀煙管の火皿《ひざら》の先で鳩尾《みぞおち》を突き上げておいて、額《ひたい》を叩いた。力を込めての打撃ではないが、銀煙管じたいに重さがあり、よろめいた浪人者の片足がどぶ板を踏み割って路地に転がり意識を失った。

そこへ騒ぎを聞きつけたか、澄乃と金次が姿を見せた。

「そなたら、新米の頭取の働きを見物しておったか」

「いえ、つい最前、騒ぎを聞きつけましたんで」

と金次が言い訳した。

「まあ、よいわ。その者の財布の中身を調べてみよ。ただ働きかどうか、なんとのう察しはつくがな」

「財布の中身は鉄くずと申されますか」

と澄乃が言い、金次が気を失っている浪人者の懐から黒桟留革《くろさんとめがわ》製の財布を抜くと、

「ほう、なかなかの財布じゃないか。おや、八代目、外れだね、こやつ、小判で十数枚に一分金三つか、なかなかの懐具合ですぜ。おや、書付もございますな。こりゃ、他人様《ひとさま》の財布ですな」

と金次が言い、どうしましょうという顔で四郎兵衛を見た。

「澄乃、一分金が一枚、どぶに転がらなかったか」

「えっ、金次さん」

と言いかけた澄乃が財布から一枚一分金を抜き取り、

「八代目、どぶに落ちたらもはや一分金なんて見つかりっこありませんよ」

と言いながら、

「お里香《りか》さん、未だ西河岸の暮らしに慣れぬようですね」

と茫然自失していた、騒ぎの元の切見世女郎の帯の間に差し入れた。

「金次、こやつを会所に連れていき、財布の出所を吐かせてみよ」

「へえ、合点《がってん》で」

と言った金次が、

「八代目、その銀煙管、澄乃さんの妙な飛び道具と同じく使えそうですね」

「不細工な銀煙管は澄乃の麻縄《あさなわ》に加えて会所の新たな防具になりそうか」

「わっしが百戦錬磨の裏同心のふたり組に言うのもなんだが、八代目の一番手柄を見物させてもらいましたよ」

と言うと金次が気絶したままの浪人の腰から鞘を抜き、手にしていた抜身《ぬきみ》を入れると、襟首を摑んでずるずると榎本稲荷へと引きずっていった。

「八代目、あの財布、だれぞから盗んだものでしょうかね。掏摸《すり》にしては手際が悪うございますよ」

と澄乃が四郎兵衛に言った。

「西河岸のご一統、夏の宵、お騒がせしましたな」

と四郎兵衛が聞き耳を立てていた女郎や客に言うと、最前刻みを渡した梅が、

「金次じゃないが、退屈しのぎに四郎兵衛様の初手柄を見物させてもらいましたよ。新しい頭取になって廓内が面白くなるといいね」

と声をかけ、仲間から、

「そうだ、間違いないよ」

とか、

「楽しみが増えたよ」

とか呼応する言葉が上がった。

「ご一統の期待に沿えるように力を尽くす所存にござる」

「ううーん、その言葉遣いが未だ侍、固いやね」

と梅が言い、

「梅、吉原会所の頭取になり切るには未だ場数が足りぬか」

と言い残した四郎兵衛が先に立ち、澄乃が従って、西河岸を進んだ。

「あやつ、調べ次第では面番所の村崎同心が喜びそうだな」

「まともな稼業ではないことだけはたしかですね。ならば、お里香さんに一両渡しておけばよかったでしょうか」

「澄乃、お里香は近ごろ西河岸に入ったようだな」

「はい。四宿《ししゅく》の一、内藤新宿《ないとうしんじゅく》から江戸二の半籬に移ってきたんですが、朋輩《ほうばい》との間柄がうまくいかず、自ら望んで西河岸の局見世に入った女郎さんですよ」

「そうか、三千の遊女がいれば三千の暮らしと考え方があるな」

と四郎兵衛は言いながらも、里香の生き方は珍しいと思った。

そして、四郎兵衛の頭になんとはなしに里香の名が刻み込まれた。

ふたりは揚屋町へと入り、ゆっくりと仲之町に向かった。すると揚屋町の妓楼常陸屋の主にして、町名主でもある久六とばったりと顔を合わせた。

「八代目、見廻りかね」

「散策がてらですかな。どうです、常陸屋さんの商いは」

「この刻限は人出が多いですがね、素見ばかりで楼に上がる馴染は少ないですよ。上《うえ》っ方《かた》が官許だろうがなんだろうが遊里なんて無益無駄と改革を声高に主張しておられる以上、景気は戻ってきませんよ。今さら言うのもなんだが、賂政治かなにか知らないが、田沼様の時代が懐かしいですね」

と最後は小声で訴えた。

むろん上っ方とは松平定信であり、寛政の改革のことだった。

「八代目、ある筋からおまえ様があのお方と関わりがあると聞きましたよ。会って願えないものですかね。江戸で魚河岸《うおがし》、芝居町《しばいまち》、そしてこの御免色里の景気がよくなきゃ、公儀の実入りも少ないですからな」

「常陸屋さん、老中との関わりなど昔話ですな。私がなしたのは陰働き、あのお方にお願いなどできるものですか」

「そうかねえ、私はおまえ様とあのお方には今もなんらかの深いつながりがあると察してますがね」

「流言飛語のひとつですよ」

「噂だろうとなんだろうといいですよ、八代目、そなた様の最初の仕事は吉原の景気をよくすることですよ」

と先代の四郎兵衛時代からの揚屋町の名主が言った。

「皆さんのお知恵を借りたいものです」

と応じた四郎兵衛が仲之町へと向かった。

その背後にぴたりと澄乃が従っていた。

「遠助は会所に連れて戻ったか」

「はい。遠助もこの暑さの残る宵では長歩きはできません」

そうか、と頷いた四郎兵衛が、

「里香は四宿から吉原の江戸一に移ってきたといったな。その妓楼とはどこだな」

「半籬の竹田屋《たけだや》です」

「ちょっと寄ってみようか。仲之町を横切ったら蜘蛛道に入ろう」

と四郎兵衛が竹田屋に立ち寄ると澄乃に言った。

頷いた体の澄乃が四郎兵衛の前に出て、案内に立った。

「八代目、町名主の身許を改めて調べましたが、不埒《ふらち》な所業をなさっているご様子のお方は、七人のだれひとりおられませぬ」

と小声で報告し、

「ご苦労でした」

と四郎兵衛が淡々と応じた。

仲之町でも角町でも妓楼の格子の中から声がかかった。張見世《はりみせ》の遊女たちに無言で会釈した四郎兵衛は蜘蛛道に姿を消した。

蜘蛛道の入り口には、菖蒲の花を売る老婆が商いをしながら、蜘蛛道に客たちが潜り込まないように見張っていた。

「商いはどうだね」

「八代目、ぼちぼちだね。馴染の遊女に菖蒲の一本も持っていく客は昔より減ったことはたしかですよ」

「商いはいいときも悪いときもある。今は辛抱の時節です」

と応じた四郎兵衛は老婆の傍らをすり抜けて蜘蛛道に入り、江戸二の竹田屋の裏口に澄乃が導いてくれた。

「竹田屋の遣手は、お岩《いわ》さんです」

と竹田屋の裏口に着く前に澄乃が四郎兵衛に告げた。

いくら吉原会所の八代目になったからといって、妓楼の表から暖簾《のれん》を分ける話ではない。裏口だと澄乃も心得ていた。先代の四郎兵衛には決してできなかった芸当だ。

「ごめんなさい」と声をかけた澄乃は風が通るように開けられた裏戸の敷居を跨いだ。

「おや、女裏同心がうちになんだい」

と応じたのは遣手のお岩だった。二階の遣手部屋から蚊遣りを取りに来た風で台所の板の間に立っていた。

澄乃が横へ身を移すと四郎兵衛の姿が見えて、

「こりゃ、大変だ。八代目のお出ましだね、旦那を呼びますかえ。それとも四郎兵衛様が帳場座敷に上がりますかえ」

「いや、お岩、おまえさんに訊きたいことがあって邪魔をした。事は直ぐに済む」

と言った四郎兵衛がこの楼から自ら望んで西河岸に身を落とした里香について見聞したことを告げた。

「なに、そんな妙な浪人者が客として里香の切見世に上がりましたか。そりゃ、うちにいた間の関わりじゃなさそうだ」

「お岩、おまえさんの承知のことを教えてくれませんか。余計な節介とは承知だがね」

「八代目は先代と目のつけ所が違うね」

と言ったお岩が、

「里香は内藤新宿からうちに移ったのは承知ですね。うちだって里香の容姿ならそれなりの売れっ子になったよ。それが朋輩とうまくいかないと旦那に訴えて西河岸に望んで移ったんでさあ」

「それだ、竹田屋さんは内藤新宿にそれなりの金子《きんす》を支払ったのでしょうな」

「それがね、八代目、里香には一文の借財もなし、吉原に移ったのも、竹田屋から西河岸に移るのも何の差し障りもなしさ。むろん旦那も女将さんも里香を強く引き留められたがね、里香は頑固《がんこ》でね、お手上げさ」

「妙な話ですな、なかなか吉原でも聞かれない話だ。お岩、おまえさんはこの一件、どう考えますな」

「私ですか、八代目に聞かせられるような考えはありませんよ。ただ、里香にもし妙な動きがあったり、変な客がある曰くがあるなら、吉原でのことではない。内藤新宿で起こったことだ、里香は内藤新宿の客のひとりから吉原に逃げてきたんじゃありませんかね」

「となると、里香は吉原に来ての源氏名《げんじな》ですな」

「はい、里香の名にしてくださいと願ったのが、竹田屋へのただひとつの注文ですよ。旦那も女将さんもこれ以上のことは知りますまいな」

とお岩が言い切った。

四

四郎兵衛はひとり吉原会所に戻ってきた。小頭の長吉が老犬の遠助と会所の番をしていた。

「おや、澄乃は見廻りを続けておりますか」

「いや、私が澄乃を内藤新宿まで使いに立てた。今晩は向こうに泊まることになろう」

と四郎兵衛が答えたところに番方の仙右衛門が表から帰ってきた。

「なんぞございましたかな」

四郎兵衛の言葉が耳に入ったか番方が質した。

「番方、局見世の支払いをしなかった浪人者を面番所に連れていったか」

と問うた。

「へえ、浪人者の名は、上州無宿《じようしゆうむしゆく》の小柳又七郎《こやなぎまたしちろう》というそうで、印伝《いんでん》革の財布は、楓川《もみじがわ》西の正木町《まさきちよう》の印籠屋《いんろうや》の老舗、三條寺美之吉《さんじようじみのきち》の番頭が昨晩、集金の帰りにあとをつけた小柳に襲われ、正木町の店の一丁（約百九メートル）手前で強奪されたものにございました。面番所の村崎同心に小柳又七郎の身柄を渡して参りましたところです。村崎の旦那は、財布の中身は九両と三分かと、わっしに念押ししておりました。つまり十両以下にすれば、『小柳の命が助かろう、せいぜい島流しで済もう。こいつはわしの温情じゃぞ』と抜かしておりましてな、差額は旦那の懐に入る仕組みです」

「相変わらずですな」

と苦笑して応じた四郎兵衛が会所の框から板の間に上がり、奥座敷に向かった。

仙右衛門も従った。

お互い話があると思ってのことだ。

「財布には書付が入っておりましたな。あの書付も村崎同心に渡されましたか」

と尋ねる四郎兵衛に仙右衛門が懐から出したのは、とある寺社奉行の名が記された借用書で、額面は二百二十五両であった。

つまりその寺社奉行は、印籠造りの名人が造った亀甲花文螺鈿《きっこうかもんらでん》印籠三段重ねを買い求めた折りに三條寺美之吉宛てに借用書を出したものと思われた。

印籠は元来、薬入れに用いられた。それがのちに華美を競うようになり、江戸中期には印籠師数百人が競い合って豪奢な意匠や装飾に工夫を凝らしたゆえ、薬入れとしてより洒落《しゃれ》・粋・伊達《だて》の持物として分限者の腰を飾ることになった。この書付に記された印籠もひとつが二百二十五両という高値であった。

「村崎同心に渡せば、えらいことになりますな」

「三條寺方に駆け込み、五十両、いや、百両は要求しましょうな。これは八代目が始末してくだされ」

と仙右衛門が願った。

「番方、一ト切の女郎遊びの代金を支払わなかった小柳又七郎は、えらい大金のネタを見落としましたかな」

と四郎兵衛は言い、続けて、切見世の里香なる女郎に不審を抱いた曰くを告げて、内藤新宿に澄乃をやったことを番方に説明した。

「澄乃のほうの目途は明日になりましょう。私、この足で正木町の三條寺方に書付を戻しに行きましょうかな」

「それがよろしゅうございます。財布を強奪された番頭さん、首でも括《くく》ることになっては、なりませぬ」

と番方も賛意を示し、四郎兵衛は若い衆をひとり従えて船宿牡丹屋から政吉《まさきち》船頭の猪牙舟で楓川に向かった。

「神守様、吉原会所の八代目頭取に慣れましたかな」

と笑いながら政吉船頭が尋ねた。

「慣れぬというより、二役をこなしておりますと、自分が何者なのかと戸惑うばかりで、今のところ御用どころではございませんな」

「とは申せ、すでに切見世女郎に遊び代を支払わなかった浪人者を手捕りにされたとか」

「相変わらず早耳ですな」

「いやさ、会所の若い衆に聞いたばかりの話ですよ」

「印籠屋の三條寺方に行くのもその続きの仕事でしてな」

「なに、京に本店のある三條寺の印籠屋に関わりがございましたか」

「当人は、まったく理解のつかぬことでな、危うく獄門台に上がる羽目になるところでした」

と当たり障りのない話をした。

五つ（午後八時）の時鐘《ときのかね》が本石町《ほんこくちょう》の鐘撞堂《かねつきどう》から響いてきた。

正木町の印籠屋は間口こそ五間（約九メートル）あるかなしかだが、京風の店の普請はなかなか凝った造りであった。

若い衆が臆病窓を叩いたが、応答がなかった。それでも叩き続けると、

「もはや店仕舞いでございます。明日にしていただけませぬか」

と中から若い声がした。

四郎兵衛が若い衆と代わり、

「そなたは舟に戻っていなされ」

と命じた。

その問答を聞いたか、臆病窓が開いて、

「どなた様か」

と問い直された。

四郎兵衛が名乗り、書付の一件で話したいと告げると、

「そなた様はたしかに吉原会所の頭取はんどすか」

と慎重な口調で念押しされた。

四郎兵衛はすでに手にしていた書付をちらりと見せて、

「いかにも八代目四郎兵衛にございます」

と応じるとようやく通用戸が開かれた。

「そなた様は」と問い返す四郎兵衛に、

「三條寺当代美之吉の倅の小太郎《こたろう》におます」

と名乗るところによく似た顔立ちの男が姿を見せた。

「お父つぁん、吉原会所の八代目四郎兵衛はんやて」

当代の三條寺美之吉だった。

「おお、つい最近、代替わりしはったんやないか」

「いかにもさよう。新米なり立ての頭取にございます」

「で、どないな用事どす」

四郎兵衛はまず書付を出し、この書付が三條寺に関わりのあるものかどうか尋ねた。

「うーん、四郎兵衛はん、この書付、どないしはったん」

主親子が仰天して詰問《きつもん》した。

四郎兵衛が差し障りのないところで財布を手に入れた経緯を話した。

「この話、他所《よそ》には」

「ご安心くだされ、どこにも漏れていません。それより番頭さんの怪我はどうです」

「木刀のようなもので殴られたせいで気を失ったそうで、医者も大した傷ではないと言うてます」

「奉行所には」

「伝えられますかいな。書付が書付や。寺社奉行はんに知れたら、金子で事は済みまへんわ」

「ならばこの書付、お返し致しましょう。相すみませんが受け取りを頂戴します。うちも巻き込まれてもいけませんでな。今ここにはございませんが、番頭さんの奪われなすった財布の中身は十両以下に減っております。財布に金子は十四両何分か入っていたそうですが、吉原の面番所の隠密廻り同心に渡してございますで、数両が隠密廻り同心の懐に入りました。当の同心どのは、小柳某が獄門台に上がらぬための温情と称しておるそうです」

と四郎兵衛が事情を告げた。

「ははあ、吉原の面番所にはさような同心はんがいはりますか」

と苦笑いした三條寺美之吉が帳場に座り、まず書付を念入りに確かめた。そして、寺社奉行から渡された本物と確認したようで、大きな安堵の吐息ついた。

「四郎兵衛はん、うちは助かりましたわ。一時、二百二十五両を失うだけではのうて、信用を失《な》くします。奉行所から戻ってくる財布の中身が数両減っていたとしても、大したことやおへん。頭取、ただ今、うちとそなた様だけで交わす受け取りを書きますでな」

と帳場に座した美之吉が筆を手にして、

「これ、小太郎、吉原会所の頭取にお茶くらい出さんかいな」

と言った。

「三條寺様、夜も遅うございます。受け取りを頂戴したらすぐに待たせている猪牙で山谷堀に戻ります」

と四郎兵衛が応じた。奥に行きかけた若旦那の小太郎が、

「思い出しましたわ。つい最近吉原会所の頭取にならはったと申されましたが、元々は神守様と申される吉原会所の」

と言いかけて言葉を途切らせた。

「はい、吉原裏同心と呼ばれる陰の者、ひらたく申せば用心棒を務めさせていただいておりました」

「じゃそうな」

と若旦那が顧《かえり》みた当代の主が改めて四郎兵衛の形を見て、

「吉原会所はえろう大胆なことをしはったな」

と驚いた。どうやら吉原については若旦那のほうが詳しいように思われた。

「お父つぁん、神守はんはご新造《しんぞ》はんと一緒に吉原の裏方を務めて、数多の手柄を夫婦で立てはったお方や。先代の四郎兵衛はんが神守はんの人柄に惚れ込んで町名主を長いことかけて口説きはったそうな。たしか、この一年余は京におられたんと違いますか」

「なに、吉原会所の用心棒はんが京で何してはったんやろ」

「町名主の何人かが吉原者でないお方を吉原会所の頭取にできるかいなと反対し

はったんや、それでな、先代が時を稼ぐために謹慎を命じられて、その折りを利して京で花街修業をしはったと聞いているがな」

「なんちゅうこっちゃ。吉原会所の陰のお方を先代は跡継ぎにしはったんか」

と三條寺美之吉は受け取りを書くのを止めて四郎兵衛を注視した。

「京のどこにいはったんどすか」

「祇園感神院の神輿蔵《みこしぐら》に厄介になり、祇園七人衆の旦那様方から京の花街のことを教えてもらいました。されど逗留したのはたったの一年余、中途半端に終わりました」

「いや、それは違うな。祇園七人衆の旦那はん方と付き合うやなんて、並みの御仁にはできへんわ。一力の旦那はんと女将はんも承知やな」

「いかにも存じ上げております。その他、三井越後屋の大番頭与左衛門《よざえもん》様、置屋《おきや》の河端屋芳兵衛《かわばたやよしべえ》様、揚屋一松楼《あげやいちまつろう》の旦那数治《かずや》様方にあれこれと御教えを乞いました」

と応じた四郎兵衛だが、自らが祇園七人衆の旦那のひとりとは告げなかった。

「親父、えらいお方に寺社奉行はんの書付を拾うてもらいましたがな」

「うちは番頭が殴られたが、えらい運を得たんと違うか。頭取、これを機にお付き合いを願います」

と三條寺の当代が言い、四郎兵衛が腰に差した煙草入れに眼を留めた。

「三條寺様方にとってはなんとも野暮な煙草入れでしょうな。これも京で手に入れたものでございます。なにしろ腰から大小がなくなりましたでな、一尺余の銀煙管を得物《えもの》代わりに差しております。ただし私、煙草は吸いません」

との四郎兵衛の言葉に、

「吉原会所の先代はええ判断をされたがな。これで吉原は盤石《ばんじゃく》と違うか、小太郎」

と跡継ぎの小太郎に訊いた。

「全くやで、親父。今日は急なこっちゃ、親父、改めて吉原会所に挨拶に伺おうやないか」

「仕事の接待や言うてしばしば出かける、おまえの吉原遊びも役に立つこともあるんやな、えらいお方と知り合いになれたがな」

さすがに老舗の商人《あきんど》だ。四郎兵衛や倅の小太郎と話しながら受け取りを書き上げていた。それを受け取った四郎兵衛が、

「若旦那のお使いの楼はどちらですかな」

と尋ねた。

「吉原会所の頭取の問いや、親父の前では嘘はつけまへんな。仕事絡みは三浦屋はんどす」

「近ごろ三浦屋を訪ねられましたかな」

「いえ、なんぞございましたかな」

「三浦屋さんも代替わりになりましてな、将一郎さんが当代の妓楼主にして、京一の町名主を引き継がれました」

「吉原会所と三浦屋は一心同体ですがな、先代同士が話し合われてのことですかいな」

と美之吉が四郎兵衛に問うた。

「いえ、三浦屋の先代おひとりの考えです、偶々《たまたま》吉原会所の代替わりとほぼ一緒になりました。若旦那、仕事絡みでなければどちらの楼ですかな」

「引手茶屋は山口巴屋、妓楼は角町の四條楼《しじょうろう》どすわ」

「旧吉原以来の老舗ですな、さすがに渋い妓楼をお使いです。おおきに」

と四郎兵衛が礼を述べると父子が微笑して、

「頭取、近々、吉原に親子で寄せてもらいます」

と言い切った。

ほぼ同じ刻限。

日本橋《にほんばし》から二里弱（約六・九キロ）離れた内藤新宿に嶋村澄乃はいた。

西河岸の切見世の女郎、里香は、吉原に移る前には内藤新宿の飯盛旅籠《めしもりはたご》にいた。ただしその旅籠がどこか、里香はなんという名で飯盛女をしていたか、知らなかった。

女ひとり、刻限も刻限だ。

澄乃はしばし迷った末に吉原会所の名を出すことにして、二十数軒ある旅籠の中で吉原会所と関わりのある甲州屋《こうしゅうや》を訪れた。

「おんなひとり、道中には見えないな。飯盛になりたいのかね、姉さん」

と灯りの点った土間で蚊遣りを焚《た》く男衆が言った。

「いえ、吉原の」

と言いかけた澄乃に、

「吉原は江戸の日本橋から山谷堀に移った廓だぜ、ここから一里半（約五・九キロ）はたっぷりある。あちらの女郎になりてえのか。歳は食っているようだが、顔は悪くねえ。うちの番頭さんに言ってよ、口利きしてやろうか」

と言って、だらしなく着た浴衣の股ぐらを団扇でばたばたと扇《あお》いだ。

澄乃は着ていた吉原会所の仕着せを脱いで表にして着直した。

「なんだ、姉さん、その真似はよ」

団扇を止めた男衆が澄乃を見た。

「馬鹿野郎が、留《とめ》公め、この姉さんは吉原会所の奉公人なんだよ」

といつの間にか姿を見せた飯盛旅籠の番頭永三郎《えいざぶろう》が怒鳴った。

「はあー、番頭さんよ、この姉さんはほんとうに吉原会所の女衆か」

と留公と呼ばれた男衆が唖然として澄乃を見た。

「おお、女裏同心と見たね。姉さん、この甲州屋はいささか吉原会所と付き合いがあるよな、なんの用事だね」

「番頭さんですね、お見通しのように吉原会所の者です。いささか知りたいことがございまして、かような刻限にも拘わらずお伺いしました」

と前置きした澄乃が吉原の西河岸の切見世女郎、里香の一件を差し障りないところで告げた。

「なに、その里香とやらは、この内藤新宿の飯盛女だったのはたしかだな。それが吉原に鞍替えした上に、半籬からわざわざ切見世女郎に身を落としたね、妙ちきりんな話じゃないか」

「いかにも奇妙な話でございます。私どもは、里香さんがこの内藤新宿にいたころに知り合ったか、馴染になったかの客から、何かの子細《しさい》が生じて吉原に逃げてきたと考えて、かようにお邪魔しましたので」

「話はおよそ分かったぜ。この内藤新宿には、飯盛女もそれなりにいる。だがよ、これから旅籠を回ったところで事は済むめえ。今晩は、うちに泊まって明日から里香と名を変えた女を捜さないか。うちでやれることは手伝うからよ。女ひとり、旅籠を捜すのは厄介だぜ」

と番頭が言い、澄乃は頷くしかなかった。

「留公、二階の離れ座敷に泊めねえな。てめえ、この女衆になんぞ悪さを考えているならよ、やめておくんだな。吉原の女裏同心は、奇妙な技が得意だって聞いたからよ」

「番頭さん、技ってのは吉原の手練手管か、ならば教えてほしいな」

留公がにやついた顔を澄乃に向けた。

その瞬間、澄乃が単衣と半纏の下の帯に巻かれた麻縄を気配もなく引き抜くと、留公が手にしていた団扇を叩き、土間の隅に飛ばしていた。

留公の手には団扇の柄《え》だけが残り、澄乃の片手には先に鉄輪《かなわ》がついた麻縄が輪っかに巻かれて持たれていた。

一瞬の早業だった。

「お粗末な技ではございます、留公さん」

うっわっはは
と永三郎が大笑いして、

「留、それでも吉原会所の女裏同心さんのよ、裏技を堪能《たんのう》したいか。おめえの股ぐらの一物なんぞ団扇のように切り落とされるぜ」

と永三郎が言った。

「ば、番頭さんよ、ほんとうにこの女衆は吉原会所の奉公人か」

「間違いねえ、この女衆の上役がな、つい最近、なんと吉原会所の八代目四郎兵衛様に就いたって話だ。ということは、姉さんひとりがただ今の吉原会所の裏同心よ」

「お、おれ、弟子入りしてえ」

と留公が言い、

「留公さん、弟子入りを許すのは八代目の四郎兵衛様の権限です。とっくりと考えて吉原にお出《い》でなさいまし」

と言った澄乃が、

「番頭さん、墨、硯《すずり》、筆と紙があったら、お貸しくださいませんか」

「容易い御用だ。二階の離れ座敷に届けさせるぜ」

と永三郎が言い、澄乃は内藤新宿の飯盛旅籠に泊まることになった。

第三章　絵描き澄乃

一

内藤新宿の追分《おいわけ》、甲州道中《どうちゅう》と青梅街道《おうめかいどう》の分かれ道近くに成覚寺《じょうかくじ》があり、この界隈に飯盛旅籠が集まっていた。この寺、内藤新宿の飯盛女の投込寺《なげこみでら》として有名であった。

澄乃は昨夜のうちに四郎兵衛に甲州屋に宿を取ったことを文に書き、その後、吉原西河岸の切見世女郎、里香の似面絵《にづらえ》を何枚か描くことにした。正面、横顔に加え、簪《かんざし》など飾り物を髷《まげ》につけた様子などもいろいろと線描した。

次の朝、澄乃は飛脚屋に朝いちばんで文を託したあと、甲州屋の番頭に昨夜描いた里香の人相画《にんそうが》を見せた。番頭の永三郎は、

「ほう、吉原会所の女裏同心は人相画も描くかえ」

と感心しながら、じいっと見た。だが、

「おかしいな、これだけの美形だ。この女が内藤新宿にいたのならば、必ずわしの眼に留まるはずだがな」

と首を捻った。そして、何人かの甲州屋の男衆や女衆に見せたが一様に、

「知らない」

と言うのだ。

「絵がうまく描けていないのでしょうか」

「いや、絵はなかなかのものだ。この女が飯盛として内藤新宿で稼いでいたのなら、必ずやどこかの飯盛旅籠にいたはずだが」

と番頭は訝《いぶか》しげな顔をして、

「この内藤新宿の飯盛女に詳しいのは、玉川《たまがわ》べりの天龍寺《てんりゅうじ》門前にいる柳角《りゅうかく》って絵描きよ。この柳角は、内藤新宿を旅する者相手や祭礼などで似面絵を描いて日銭を稼いで暮らしている。ときにいい女を見つけると、じっくりと色をつけて描くそうだ。これだけの女ならば柳角が知らないわけはない。知らないとなれば、里香が虚言を弄しているか。そういえばさ、よく内藤新宿から吉原の半籬に鞍替

えできたものよな」

　と言い足した。

「はい、それも私どもが訝しく思っている理由《わけ》のひとつです」

　と応じた澄乃は、朝餉《あさげ》を終えて身支度をすると甲州屋を出た。

「柳角に会って分からなければ、この女、内藤新宿にいなかったということだ。無駄足をしたことになるな。だとしても、八代目の四郎兵衛様によ、おれがよろしく言っていたと伝えてくれないか」

　と番頭に送り出された。

　玉川の流れを見下ろす欅《けやき》の木の下が柳角の日銭稼ぎの「仕事場」という。だが、未だ柳角らしい姿はなかった。

　澄乃は日陰の下で待った。旅人や住人が澄乃を見て通り過ぎていく。

　四つ過ぎ、蓬髪《ほうはつ》の白髪頭で無精髭《ぶしょうひげ》の頬のこけた年寄りが竹籠を負い姿を見せた。

　澄乃はまさか柳角がこれほどの年寄りとは想像していなかった。甲州屋の番頭が柳角の年齢や体形や形に一切触れなかったからだ。澄乃は遊女に詳しいという絵描きをせいぜい五十前後かと想像していたが、外見からして、八十歳は超えていた。

「おまえさん、人相画を描いてほしいか」

といきなり澄乃に質した。

「いえ、絵を見てほしいのです」

「なに、わしの商売敵《がたき》か」

「いえ、私は吉原の四郎兵衛会所の奉公人です」

「なに、浅草田圃《たんぼ》から内藤新宿に遠出して、わしに絵を見てくれだと。なんの絵だ」

竹籠から手造りの床几のようなものを出して座った柳角に、人相画を見せた。

「うむ、おまえさんが描いたか」

「はい、昨夜、旅籠で墨硯一式を借りて描きました」

澄乃の見せた絵を手にしてじっくりと見た柳角が、

「大木戸外の旅籠一之江《いちのえ》にいた女衆、お伝《でん》だな。この半年は見かけておらぬな。まさか御免色里に鞍替えしたなんてこたあないよな」

と澄乃の顔色を見ながら言った。

柳角の問いともつかぬ言葉に澄乃は頷きながら、柳角の正体がなんとなく知れぬなと考えていた。

「待て」

とその柳角が竹籠から手造りの分厚い画帳を出して、ぺらぺらとめくり、

「これがお伝だ」

と指し示した。

「ああ、この女です」

線描に色彩を施した女はまさに里香だった。

「子細を話してみぬか、そなたがいきなり一之江を訪ねても門前払いだな。内藤新宿で唯一、料理旅籠と称して他の飯盛旅籠とは格式が違うゆえ、一見《いちげん》の客は取らぬわ。たとえば、そなたがあの料理旅籠の女衆に潜り込んでみたとしても、話など一切聞けまいな」

と柳角が言い切った。

しばし沈思した澄乃が、差し障りない程度に浪人者の客と里香が揉めごとを起こしたことを告げた。だが、里香と呼ばれているお伝が西河岸の切見世の女郎になっていることは告げなかった。

「お伝は質《たち》の悪い客の相手をさせられたか、ということは小見世の遊女かのう」

柳角の言葉には含みがあると澄乃は思った。

「まあ、そんなところです。お伝さんは一之江にいる折り、客の相手をしていたのでしょうか」

「料理旅籠とぬかしても結局女が客を呼ぶでな、内藤新宿界隈の旅籠は青梅街道や甲州街道の分限者が江戸の吉原まで行かずに遊ぼうって魂胆で出入りするのよ」

と曖昧《あいまい》に答えた。

「柳角様、お伝さんがその一之江で、質の悪い客と馴染になりましたかどうか、ご存じありませぬか」

しばし沈黙していた柳角が、

「そなた、武家の出か」

と澄乃の問いには答えずいきなり話柄を振った。

「父も母も亡くなりましたが、祖父はどこぞの大名屋敷に奉公していたとか、私が記憶する父は、内職仕事で日銭を稼ぐ日々にございました」

「父御から絵を習ったか」

と澄乃の渡した素描を握った柳角が問うた。

「いえ、絵は吉原会所に勤め始めたのち、自己流です。父からは剣術を習ったことしかございません」

「その剣術を役立てようと吉原会所に奉公したか」

「まあ、そのような経緯です」

「そなたなら、お伝よりはるかに容色もよし、吉原の大籬に勤められたのではないか」

「私、白塗りの化粧が嫌いです、会所の役目で、ある太夫の花魁道中に新造で加わりましたが、私が私でないようで一度で懲《こ》りました。私には吉原会所の務めが似合《にお》うております」

「吉原で白塗りが嫌いでは遊女にはならぬな」

と苦笑いした柳角が、

「客ではないが、一之江の跡継ぎに与之助《よのすけ》なる遊び人がおるわ。妻があり、子もふたりおる、その与之助がお伝に手を出そうとして、揉めておると聞いたことがある。妾《めかけ》にでもしようとしたのではないか」

と柳角は、お伝が里香として吉原に鞍替えした本質に触れたようだった。

「お伝さんは与之助から逃げ出すために里香と名を変えて吉原に鞍替えしたので

しょうか。一之江の主が容易く吉原への鞍替え状を認めるとも思いませんが」

「そこだ、お伝が一之江に勤める折り、一之江から十二両を前借り金にもらっておる。だがな、お伝は、あの容貌と若さゆえ客に人気があった。ゆえに十二両なんて前借り金はすでに返しておると聞いた」

「それで一之江の主、与之助の父親が鞍替え状を認めましたか」

「澄乃、というたか。吉原はどうか知らぬが、四宿の内藤新宿はそれほど甘くないでな。一之江の主、千右衛門《せんえもん》の字を真似てな、わしが二分の金子で偽の鞍替え状を認めてやった」

と思いがけないことを柳角は平然と告げた。

「えっ、柳角様が鞍替え状を認められましたか」

「人相描きだけでは食えぬでな、この女ならばと思った女の頼みは聞くことにしておるのだ。そなた、吉原に戻ったら里香の面倒をみてくれぬか」

とこんどは柳角が澄乃に願った。

「柳角様が申されたことが真のことならば、私が内藤新宿に来た用事は終わりました。四郎兵衛様にそう報告すればよきことです。いかがですか、柳角様」

「そなた、なかなかの才女、あれこれと推量しおるな。どうやらわしの言葉を半分も信じておらぬか」

「いえ、何か大事なことを抜かして話しておられるように思えます」

「やはり信用しておらぬな」

「私が吉原で里香様の面倒をみるためには、言い残されたことをすべて聞きとうございます」

柳角が腕組みして考え込み、言い出した。

「与之助は、料理旅籠の跡継ぎよ、こやつひとりならば何もできまい。だがな、与之助の銭に集《たか》るワルの兄弟がおる。津《つ》の守坂《かみざか》近くの荒木《あらき》町《ちょう》の色町に巣食う豆《まめ》やの仁助《にすけ》と三蔵《さんぞう》の兄弟だ。これまでうまいこと、お上の世話にはなっておらぬが、金のためなら腕の一本や二本叩き折ろうって兄弟でな、これまでもかなりの悪さはしておる。体つきは兄が大きいが、弟は反対に小さい。だがな、匕首《あいくち》の遣い方は、なみなみならぬと聞いたことがある。この兄弟が与之助の命でお伝の行方を捜しておると聞いた。当然、品川《しながわ》や板橋《いたばし》や千住《せんじゅ》の三宿はもちろん、吉原も調べているかもしれんな」

と柳角が言った。

澄乃はしばらく柳角が言葉を続けるかどうか待った。

「わしは女には弱い。じゃが、与之助や仁助・三蔵兄弟のように銭や力で女をどうとでもしようという輩は嫌いでな。わしの知ることはもはやない。わしが知っておる話が真かどうか、調べるのはそなた、吉原会所の女裏同心の務めじゃな」

と澄乃が吉原会所の女裏同心ということも承知していた柳角が言った。

財布から一両を出して懐紙に包み、

「柳角様、私に話したことすべて忘れてくださいますか」

「澄乃さん、わしは女には、特に美形の女には弱いでな、そなたを裏切る真似は決してせぬ」

と言い切り、うれしそうに受け取った。


その日の夕刻前、澄乃は飯盛旅籠甲州屋に立ち寄った。するとそこに吉原会所の金次がいた。

「四郎兵衛様の命でな、手伝いに来た」

と金次が言い、

「もっとも、おれの力が澄乃さんに要るとは思えないがな」

「いえ、ちょうどようございましたよ」

と澄乃は言うと甲州屋の若い衆に、

「番頭さんになんとか目処が立ちそうです、とお伝えください」

と礼を述べて辞去した。

甲州屋はこの刻限が一番多忙なのだ。

「金次さん、吉原のほうはどうなの」

表に出た澄乃が訊いた。

「八代目の言葉だがな、明日までに澄乃さんの手が空《あ》くといいがな、と申されておりましたぜ」

「となれば今晩じゅうに事を終えてしまわねばならないわね」

と昼間柳角から聞いた荒木町の津の守坂に向かった。その途中の道々でこれまで調べた話を金次に告げた。

「やっぱりおれなんて要らなかったな」

「いえ、そうでもないわ。相手は兄弟ふたりと料理旅籠の跡継ぎの三人よ。懐に匕首を呑んでいるのは兄弟ふたりね」

左門町《さもんちょう》の四谷於岩《よつやおいわ》稲荷に、一之江の与之助と豆やの仁助、三蔵の兄弟をお伝の名で呼び出していた。

五つの刻限、与之助と兄弟ふたりの三人が澄乃たちがそこにいると当たりをつけていた荒木町の煮売り酒場の一軒から出てきた。

「与之助さんよ、四谷於岩稲荷にお伝から呼び出しがあったというのはたしかなのか」

「お伝の絵にな、五つ半（午後九時）に会いたいと書いてあったんだよ、間違いないよ」

「おかしいな、もう半年以上も連絡《つなぎ》がなかったのに、不意に連絡が、それも文かよ」

と豆やの仁助が質す声がした。

「ああ、間違いねえ、ほれ、あやつの似面絵の裏に刻限が認めてある」

「与之助さんは、どうしようってんだ。この半年、男のところかどこかにいたんじゃないか」

「あいつに男がいたとは思えねえ、お伝はひとりの男じゃ満足できない女なんだよ」

「となると、おまえさんひとりでも、満足しないんじゃないか。それともおれたち兄弟と三人の女にするか」

「仁助、ばか言うんじゃないよ。うちに戻してよ、客を取らせながらときにおれが遊ぼうという魂胆よ」

「おれたちはどうなるよ。まさかただ働きじゃねえよな」

「銭は払う。それでさ、内藤新宿の飯盛女でもなんでも買いねえな」

と与之助が言った。

そんな話を聞きながら尾行していた澄乃と金次が四谷の於岩稲荷と呼ばれる田《た》宮《みや》稲荷神社に先行した。

それからしばらくして三蔵と思《おぼ》しき声がした。

「与之助さんよ、おれたち兄弟を面倒のたびに安い銭で雇って終わりはなしにしてくれねえか。これからよ、おれたちの腕を借りたいのならよ、月々に兄貴とおれに五両ずつ支払いねえな」

「三蔵、ふたりでひと月に十両だと、太々《ふてぶて》しくないか。ふたりで五両だって多いぜ」

「兄貴、この話、なしにしねえか。おれたちだけが危ない橋を渡らせられてよ、楽しむ当人はたったの十両ぽっちを出し惜しんでやがる」

と三蔵が文句を言った。

「おお、考えてもいいな。若旦那ひとりで応対しねえな。おれたちは見物させてもらおうか」

と仁助が言った。

「おい、それはねえぜ。ともかくお伝を連れ戻してくれたら、相談に乗るよ」

と言い合ったとき、於岩稲荷に着いた。

小さな神社だ。稲荷社の赤い鳥居に淡い灯りがこぼれていた。

「お伝、どこにいるよ」

といきなり与之助が声を上げた。

だが、だれも答えない。

「妙だな、あいつからの呼び出しだぜ」

与之助が小さな拝殿の前に行き、辺りを見回した。そして、拝殿に腰を下ろした金次に目を留めた。

「だれだ、おまえは」

「お伝の男だよ」

と金次が低い声で言った。

「なんだと、おれはお伝に用事なんだよ」

「お伝は、おまえが嫌いなんだとよ。これまでいたぶった分の金子を返してほしいとよ。お伝とおれは上方《かみがた》に引っ越しだ」

「何抜かしやがる。おい、豆やの仁助さんよ、三蔵さんよ」

と与之助が豆やの兄弟の名を呼んだ。

「なんだよ、おれたちは見物だぜ。ひとりでそやつと応対すればいいだろ」

「いいからさ、最前の話は呑むからよ」

「ひとり頭、五両の話だな」

「そ、それだよ」

と与之助が言った。

豆やの仁助と三蔵が襟元に手を突っ込んだ。

「匕首かえ」

と金次が立ち上がった。

豆やの兄弟が匕首を手に賽銭箱の左右から金次に迫った。

「於岩稲荷様、ごめんなさいよ」

と言った金次が目の前の賽銭箱の上をヒョイと飛んで鳥居の貫《ぬき》に手をかけると、茫然と立つ与之助の両肩に飛び乗り、両足で首を絞めた。

「鳴呼《ああ》ー」

と言った与之助が鳥居の下に背中から落ちて気絶した。

「なに、しやがる」

と叫んだ豆やの仁助の顔に鉄輪が先端についた麻縄がふわりと伸びて太い首に巻きついた。仁助は匕首を金次と与之助の傍らに飛ばしたが、同時に澄乃が鳥居の横手から投げた麻縄が首を絞めて一気に気を失わせた。

ひとり残った三蔵が、

「なんだよ、兄貴、何が起こったよ」

と立ち竦《すく》んだとき、澄乃が麻縄を仁助の首から引き抜き様に鉄輪を三蔵の額に飛ばした。いまや澄乃の独特な麻縄の扱いは自在で柔軟だった。

一瞬のうちに三人が意識を失っていた。

金次が傍らの匕首を拾って与之助の髷を切り、懐から財布を抜くと中身の金子を調べることもなく賽銭箱に落とし入れた。澄乃も真似て、豆やの兄弟の財布からわずかしか入っていない銭を賽銭箱に入れた。

金次がふたりの兄弟の髷も切り取った。

澄乃は与之助の懐に、

「髷はもらい受ける。これ以上お伝の行方を捜すべからず、次は命を頂戴す」

と書いた紙片を入れた。そして、与之助の凝った財布に髷を入れて蓋をして、懐に入れた。

一瞬の勝負だった。これが官許色里の吉原会所と内藤新宿の津の守坂の遊び場の力の差だった。

二

澄乃と金次のふたりは、引け四つ（午前零時）の拍子木が鳴る直前に四谷の於岩稲荷社から早足で吉原に戻ってきた。若いふたりゆえできる芸当だ。

「おや、ふたりしてこの刻限に間に合ったか。帰りは明日の昼前と思ったがな」

と大門を閉ざす若い衆の動きを見ていた小頭の長吉がふたりに気づいて言った。

「小頭、一日でよ、内藤新宿とはいえ往来するのは結構しんどいな」

と汗だくの金次がぼやき、

「それが御用よ」

と長吉が応じた。

「小頭、八代目は柘榴の家にお戻りですかね」

「いや、頭取は金次をおめえのところに助勢にやった時点で今晩帰ってくると思われていたか、御用部屋に泊まるお心算《こころづもり》のようだね。いなさるぜ」

「ならばお会いしとうございます」

と澄乃と金次のふたりが四郎兵衛に会うことにした。

「ご苦労でした。この刻限、内藤新宿から戻ってくるのは大変でしたな」

と労った四郎兵衛が澄乃を見た。その顔は、決着がつきましたか、と訊いていた。

「はい。金次さんの手伝いでなんとか」

と言う澄乃に、

「八代目、おれはただの使い走りでさ、澄乃さんひとりで事を果たしなさったぜ」

と金次が謙遜《けんそん》したか、そんな言い方をした。一、二年前の金次では考えられないことだった。

ふっふっふふ
と笑った四郎兵衛が、

「金次もそんな言葉を覚えたか」

と満足げに言った。

「まあ、よく言って、澄乃さんの前座だな」

「そう聞いておくか」

と応じた四郎兵衛の前に、澄乃が内懐から与之助の象牙製の猫の根付《ねつけ》のついた革財布を取り出して差し出した。

「この財布が始末の証しかな」

「はい」と返事をした澄乃が内藤新宿で体験した子細を手際よく告げた。

「なんと、料理旅籠の若旦那が里香ことお伝の相手、吉原に逃げてきた曰くでしたか」

「はい。この与之助に従っていた豆やの仁助と三蔵の兄弟を金次さんの手伝いで少々痛めつけてございます。ふたりして、いえ、与之助の髷も切り取りましたから三人のざんばら頭ができ上がりました。それでようございましたか」

「結構ですね。で、これは」

と手にしていた財布を掌《てのひら》の上に軽く投げて、

「金子ではございませんな」

財布を開いた四郎兵衛がちらりと見て笑った。

「与之助の髷ですか。内藤新宿の半端者のワルには、これで十分でしょう」

「中身の金子は四谷於岩稲荷の賽銭箱に投げ入れてきました」

「次に賽銭箱を開けた顔役が驚きましょうな、そなたらの、いえ、与之助らの功《く》徳《どく》に於岩稲荷様も喜ばれましょう」

そう言った四郎兵衛が、

「澄乃、この最後の始末、そなたがつけてみなされ」

と財布を澄乃に返した。

しばらく考えていた澄乃が無言で頷いたが、

「澄乃、山口巴屋の風呂を借りて汗を流し、今晩は山口巴屋に泊めてもらいなされ」

と言った。その四郎兵衛の機嫌が悪くないとみたか金次が、

「八代目、おりゃ、喉が渇いた。ちょいと山口巴屋の酒を頂戴していいかね」

「玉藻さんは寝ておられましょう。台所の男衆にこの四郎兵衛が許したと言って少しばかり頂戴しなされ」

と許しを与え、里香の一件はひとまず始末がついた。

翌朝、朝餉を山口巴屋の台所で摂《と》った澄乃は、真新しい浴衣姿で江戸二の半籬竹田屋を訪ねて主夫婦に会った。

話は半刻《はんとき》（一時間）ほど続き、主夫婦がなんとか得心した。

次に澄乃が向かったのは西河岸の切見世だった。

「里香さん、おられますか」

と無双窓を覗いたが、夜具が片づけられた切見世にはだれもいなかった。だが、井戸の方角から朝餉の器を手にした里香が戻ってきた。

「お早うございます、澄乃さん」

「ちょいと話がございます。会所までご同行願えませんか」

と澄乃が願った。

西河岸でどう声を潜めようと筒抜けに話が伝わる、そこで澄乃は会所の名を出したのだ。

「はい、ちょっとだけお待ちください」

と器を長屋の中に丁寧に戻した里香がさっと身支度を整えて澄乃に従った。だが、里香が連れていかれたのは天女池だった。

「おや、会所ではありませんか」

里香の問いに澄乃が首を横に振り、

「お伝さん、この財布に覚えがございますか」

と猫の根付のついた革財布を見せた。

一瞬本名を呼ばれたことに気づかず財布に目を留めた里香が澄乃に視線を移して凝視した。

「どうして私の名を。竹田屋も知らぬはずです」

と脅《おび》えとも不安とも思える表情を見せた。

「中を見てご覧なされ」

澄乃の言葉に里香がおずおずと財布を開き、小さな悲鳴を上げた。

「与之助の髷ですよ、命までは取っておりません」

「ど、どうしてそんな」

「ことをしたと問われますか。これが官許の色里、吉原会所のやり方です。お伝さんが一之江で受けた不逞《ふてい》の行いは、この吉原では許されません」

と澄乃は言い切った。

「与之助、それに豆やの仁助と三蔵兄弟の懐の銭はすべて於岩稲荷の賽銭箱にあげてきました」

しばし里香は言葉を失ったようで茫然自失していた。

「私は、あの三人に脅えて暮らさなくともいいんですね」

「最前名を挙げた三人ならば、もはや吉原の大門は潜らせません」

ふっ、と吐息を漏らした里香が、

「つい最近のことです、楼を出ようとしたとき、仁助と三蔵の姿を見かけたんです。それで五丁町の竹田屋から西河岸に鞍替えして潜んでいたんです。まさかあのふたりが西河岸まで覗くことはあるまいと考えたんです」

「お伝さん、いえ、吉原では里香さんでしたね、西河岸が好きで江戸二の竹田屋から移ってきたわけではないのですね」

「違います。河岸のほうがあのふたりの眼につくまいと思ったんです」

「里香さん、もし江戸二に戻れるとしたら、竹田屋に戻りますか」

「そんなことができましょうか。私、西河岸に移ると決めた折り、抱え主に一年西河岸で稼ぐ約定をさせられました。すぐには無理です」

「里香さん、切見世に一年もいたら、いくら半籬とはいえ戻ることは難しいでしょう。もはや承知でしょうが、切見世の女郎衆がなんと呼ばれるか」

「はい、梅毒《ばいどく》に侵《おか》された女郎が多いというので、よく当たる『鉄砲女郎《てっぽう》』ですね」

「抱え主とは書付を交わしましたか」

「いえ、私、読み書きができないというて口約束だけです」

里香の切見世の抱え主は、元々五丁町の小見世の遊女で玉女《たまめ》といった。五丁町でしっかりと金子を貯め込んで西河岸と羅生門河岸の切見世五軒を買い取り、抱え主を七、八年していた。それだけに吉原の裏表をとくと承知していた。

「ならばなんとかなりましょう。里香さん、一刻《いっとき》（二時間）ほど蜘蛛道の豆腐屋にいてくれませんか。そなたの抱え主と話をしてきます」

と澄乃は三浦屋の桜季が働いていた豆腐屋山屋《やまや》に里香を連れていった。事情を察したか、

「澄乃さん、おまえさんのお師匠さんの真似をしようというのか」

と主の文六《ぶんろく》が言った。

「四郎兵衛様ほど知恵も力もございません。これから会い、相談して参ります」

と言い残した澄乃は、蜘蛛道を伝って吉原会所の裏口から入り、四郎兵衛に面会を求めた。

四郎兵衛は番方と何事か話していたが、すぐに面会を許した。

「里香は、どうだったえ」

と話を承知か、番方の仙右衛門が澄乃に質した。

澄乃は手際よく里香との問答を告げた。

「そうか、四郎兵衛様を見倣《みなら》う算段か、となると里香の抱え主、玉女を説き伏せるのが難儀だな」

「番方、玉女さんを説き伏せる手立てはありませんか」

「里香への切見世貸しは口約束と言ったな。一応、会所の約束事では切見世女郎とて、証文は紙に認めよとなっておる。だが、羅生門河岸だろうと西河岸だろうと、そんな律儀《りちぎ》に約定を結んでいるところはあるまい。となると、どうしたものか」

と仙右衛門が四郎兵衛を見た。

「私が『謹慎』を受ける前の話ですよ。切見世の抱え主の女主人が、柳橋《やなぎばし》の天王町代地《てんのうちょうだいち》裏手で若い女を数人抱えて、商いをしていると聞いたことがあります。その女というのが玉女でしてね、番方、私が吉原を不在にしている折りに商いをやめたということがありましょうか」

「そいつは初耳ですよ。いえ、廓の外で稼いでいるとしたら、玉女の亭主が関わっておりましょうな」

「女衒《ぜげん》の初五郎《はつごろう》ですか」

「へえ、さすがに八代目だ、目の付け所が違いますぜ」

「この話、身代わりの左吉さんから聞いておりましたが、あれこれとありましたですっかり忘れておりました」

と言った四郎兵衛が澄乃を見た。

「これから調べます」

「よし、おれも一緒しよう」

と番方が言った。

昼見世が終わる時分、澄乃が西河岸の裏手の蜘蛛道の一角に住む抱え主の玉女の住まいに顔を出した。

「おや、女裏同心のお出ましだぜ、玉女」

と女衒の初五郎が角樽を前に置いて茶碗酒を呑んでいた。なんとなく澄乃の用事を承知している顔でもあった。

「何か用かえ」

と玉女が澄乃に質した。

「単刀直入にお願いします」

「ほう、切り口上だね。おまえさんの師匠格が八代目の頭取になったからといって、おまえさんが偉くなったわけじゃないよ。勘違いをするでないよ」

「重々心得ております」

「ならばお言いよ」

「里香さんとの約定を忘れていただきとうございます」

「なにっ、吉原会所の後ろ盾があるからって、女、調子に乗るんじゃねえぞ。こっちは一年の約定があるんだよ」

「書付がございましたら、拝見したいのですが」

「おい、女、切見世女郎に書付なんぞあるか。なんなら羅生門河岸から西河岸の切見世の書付を揃えて持ってきやがれ」

と女衒の初五郎が手にしていた茶碗酒の残りを澄乃にかけた。

澄乃は袖から手拭いを出すと静かに顔の酒を拭った。

「女衒の初五郎さん、おまえさん、玉女さんの亭主としてこの蜘蛛道に住んでおりますので」

「おお、そうよ。女衒が廓内に住んで悪いという触れがあるか、あるならば見せねえな」

「こんどはこちらに触れを見せろと申されますか、どうですね、この際です、里香さんを黙って五丁町に帰してやってくれませんか」

「のぼせるのも大概《たいがい》にしねえな。御免色里にもやっていいことと、見逃せねえ行いがあるんだよ。里香のほうからうちに来たいという話だったんだよ。里香を連れてきて、銭の十両も耳を揃えて出しねえな。その折りはこの話、考えねえでもないよ」

「おまえさん、十両なんてはした金で約定を消せるものか、二十両だね」

「おお、キリのいいところで切餅ひとつってのはどうだ、玉女」

と初五郎が二十五両に上げた。

「里香さんが西河岸のおまえさん方の切見世に入った折り、いくら支払われました」

「重ね重ねとぼけた話をするじゃねえか。相手の望みは一文も要らねえって話だ。だがよ、それとこれとは話が違う」

と初五郎が言い切った。

しばし澄乃が間を置いた。

「言うことねえんなら、会所に帰《けえ》りねえな」

「最前、無体《むたい》にも私の顔に呑みさしの酒をかけられました。私はおまえさん方の抱え女郎ではございません。吉原会所の奉公人です」

「おお、女裏同心なんて表に立つ女子じゃねえな、わしらの抱え女郎以下の女よ」

「女衒の初五郎さん、玉女さんとは夫婦ですね」

「おお、正真正銘の夫婦だ、それがどうしたえ」

幾たび目か、澄乃が沈黙した。

長い沈黙だった。

不意に口が開かれた。

「柳橋天王町裏手に『たまめ』と称する小体の料理茶屋がございましてね、娘が四人、身を売る商いをしておりますね、名も分かっております」

澄乃の言葉にふたりの顔が引き攣《つ》った。

「あの茶屋の主は、西河岸と羅生門河岸にある五軒の切見世の主、玉女、つまりはおまえさんですね」

「ああー」と玉女が口から驚愕の声を漏らした。

「最前の問いの返答を聞かせてもらいましょうかね」

「いや、そんな話はねえ、な、玉女」

動揺した女衒の初五郎が玉女に同意を求めた。

「御免吉原の切見世の主が廓の外で素人女の身を売って金子を稼ぐ。おまえさん方の財産をすべて売り払ったって、事は収まりませんよ。まずは吉原会所がこの話を確かめたあと、面番所のきつい調べがあり、最後には町奉行所の御白洲で厳しいお沙汰《さた》が待っています。吉原の抱え人が私娼商いをするとは、ただでは済みますまい。八代目の頭取はかようなことについては大変厳しいお方です」

「ど、どうすりゃいい、金子でなんとかならねえか。二十五両でどうだ、いや、五十両、百両払ってもいい」

「女衒の初五郎さん、こんどは吉原会所の奉公人を金子で抱き込もうって話ですか」

「だ、だれにも言わねえよ。な、女裏同心の懐にがばっと百両が入る話だぞ」

と初五郎が言ったところに人の気配がして、番方の仙右衛門が狭い土間に立った。

「話はすべて聞かせてもらったよ。澄乃、このふたり、叩けばいくらも埃《ほこり》が出そうだな」

と冷たく言い放った番方が、

「若い衆、ふたりを引っ立てねえ」

と蜘蛛道にひっそりと控えていた吉原会所の奉公人に命じた。


会所の若い衆が番方の指示で、廓内の玉女が抱え主になっている切見世五軒と河岸裏の住まいをまず徹底して探索した。

むろん切見世女郎からも話が聞かれた。

分かったのは、この夫婦の切見世の歩合は他の切見世より高く、女郎の手に残る金子は一ト切百文のうち、たったの四割ということだ。むろん六割は抱え主の稼ぎだ。

さらに吉原会所の面々が驚かされたのは、なんと七百三十両入りの布袋が住まいの床下に隠されていたことだ。

五丁町の大籬ならいざ知らず、切見世の五軒の上がりはたかが知れていた。つまりこちらは柳橋天王町の料理茶屋の稼ぎと思われた。

澄乃は山屋に戻った。

里香は桜季がそうであったように、豆腐屋の仕事の手伝いをしていた。

「里香さん、戻るわよ」

「西河岸に戻るの」

とわずかな刻限、人らしい暮らしに接した里香が悲しげな表情で言った。

「いいえ、江戸二の竹田屋に戻るのよ」

「えっ、竹田屋に戻るとまた朋輩にいじめられない」

「里香さん、それはあなたがそう仕向けたのよね。遊女も人よ、心を開かない者を決して仲間扱いにしない。もう一度お仲間の端に加えてくださいとお願いしなさい」

「竹田屋の旦那や女将さんが許してくれるかしら」

とさらに里香は案じた。

「里香さんが切見世に自ら移ったのは、内藤新宿からワルどもが殺しに来るから、会所の指図で一時切見世に潜んでいたのだと、竹田屋の主夫婦や遣手、遊女衆に話してあるわ。いいこと、あなたがまず竹田屋のご一統に手をついて頭を下げて詫びなさい。遊女里香の吉原での奉公は、たった今始まったのよ。分かった」

しばし考え込んでいた里香が豆腐屋の夫婦に深々と一礼して、

「有難うございました。もし竹田屋に奉公が許されたら、今後ともこちらに出入りを許してください」

と願った。

「ああ、桜季さんのことを話したな。だれでも、悪いところを改めるのに日にちがかかる。だがよ、それが大事なことなんだよ、里香さんよ」

と仙右衛門に言われた里香の瞼《まぶた》が潤んだ。

三

寛政五年（一七九三）の夏。

三十六歳になった老中松平定信は、関東沿岸の視察を終えて江戸に戻った。

この前年、ロシア特使のラクスマン一行の根室《ねむろ》来航以来、公儀では海防策を考えざるを得なくなった。

定信は江戸の内海への異国船の来航に備えて、勘定奉行柳生《やぎゅう》久通《ひさみち》らを安房《あわ》、上総《かずさ》、下総《しもうさ》、相模《さがみ》、伊豆《いず》の五か国に派遣して、下見させた。その結果、江戸の内海の海防に全くといっていいほど、備えがないことが発覚した。江戸の内海に大砲を積んだ大型の帆船が入津《にゅうしん》してくる状況は決して許されなかった。

寛政の改革を進める老中にとって由々《ゆゆ》しき、新たな事態が突きつけられていた。

そこでこの年の三月十八日より勘定奉行久世広民《くぜひろたみ》、目付《めつけ》中川勘三郎忠英《なかがわかんざぶろうただてる》、森山《もりやま》源五郎孝盛《げんごろうたかもり》らを随行させて、定信自ら伊豆、相模、房総《ぼうそう》の海岸地帯を巡視した。

その結果、江戸幕府の存亡に関わる異国船来航に備えて、海防の強化策がまとめられた。それはまず伊豆の柏窪《かしわくぼ》と下田《しもだ》、相模の甘縄《あまなわ》に三千石から五千石の直《じき》参《さん》旗本を派遣して、その下に与力・同心として無役《むやく》の小普請《こぶしん》を定住させ、また神奈川湊《みなと》には新たに代官を赴任《ふにん》させるというものだった。

公儀としては大規模な海防策だが、直参旗本の大半は、異国の国力がどのようなものか全く無知な者ばかりで、

「老中は、何を脅えておいでかのう。己の主導する改革がうまくいっておらぬゆえ、異国船が脅威と喧伝《けんでん》してわれらの眼を逸《そ》らそうとしておられるわ」

などと密かに陰口を叩き、定信の海防策を軽視した。

鋭敏《えいびん》な定信の勘働きは当たっており、異国船の突きつける要求はのちに江戸幕

府を驚嘆させ、壊滅に追い込むことになるのだが、この折りは、ラクスマン特使の帆船を従来通り、長崎《ながさき》に回航させて長崎奉行に対面させる策にとどめざるを得なかった。

そんな夏の一日、吉原会所の八代目頭取に就いた四郎兵衛こと神守幹次郎と汀女は、久しぶりに浜御殿《はまごてん》の西側にある陸奥白河藩の広大な抱屋敷を訪れた。定信の側室のお香は、二万五千坪の敷地に潮風が吹く屋敷の一角に住まいしていた。定信にとって、このお香の住まいにいるときが公儀の難題や重圧から解放される一時であった。

この日、夫婦は柘榴の家から出て、大川端に待たせていた船宿牡丹屋の屋根船に乗った。吉原会所の八代目の四郎兵衛の形ではなく、神守幹次郎として夏羽織に袴姿、大小を腰に差していた。

舳先《へさき》の助船頭が棹《さお》を手に岸辺から屋根船を離した。

幹次郎の形を見た長い付き合いの老船頭政吉が、

「神守様、本日はどちらに参りますな」

と問うた。

「白河藩抱屋敷に参る」

との返答に政吉は頷き、助船頭に浜御殿の堀に船を入れよ、と命じた。

屋根船は流れに乗った。

「神守様、早《はや》四郎兵衛様と二役の使い分け、見事にございますな」

と褒めた。

「そう見えるだけだ。胸の中では、『ただ今は四郎兵衛じゃぞ』とか、『神守幹次郎ゆえ言葉に気をつけよ』と言い聞かせておるわ」

「とてものような風には見えませんがな」

と片手を櫓《ろ》にかけた政吉が汀女の顔に目をやった。

「こちらも慣れました。四郎兵衛様の形で戻ってこられることが多うございますで、大小を受け取る仕来たりがなくなりました。湯に入られてふだん着に着替えられ、私や麻と夕餉の膳を前にする折りに、やっと昔ながらの幹どのに戻られます」

「この一年、吉原会所との付き合いに慣れたわっしらでさえ、驚いたり魂消たりする出来事が繰り返されました。ただ今は、神守様が四郎兵衛様の役目も務めるとは、夢にも考えなかったことですよ」

「政吉さんや、それがしが一番戸惑っておるわ」

「と申されますが、亡くなった先代の四郎兵衛様とは、八代目は神守様にと話し合いが成っていたんでございましょう。『謹慎』の行き先が禅寺と最初聞かされておりましたがな、どうやら京におられたそうな。それも薄墨太夫の加門麻様といっしょというのだから、汀女先生の前だが、驚き桃の木山椒《さんしょ》の木だ。先代も承知のことかね」

「麻を同行したのは、わずか一年の暇に京の花街のあれこれを学ぶのは、それがしひとりではどうにもならんと思うたでな。政吉さんは、京を承知か」

「山谷堀の船頭ですぜ。京どころか箱根《はこね》関所の先は知りませんや」

「ならば祇園がどこにあるか知らぬか」

「祇園感神院の門前町と聞いたことがありますな。ええ、京から来たお客さんにですよ。舞妓さんや芸妓さんのいるところですな」

「おお、その祇園感神院の神輿蔵がそれがしの住まいでな、麻は一力茶屋で花街の見習じゃ。『謹慎』もなかなか苦労が多かったわ」

幹次郎の言葉を聞いた政吉が、

「なんでも来春には京から芸妓衆がこの江戸に来るそうな」

「さすがに早耳じゃな、この一件を承知なのは、吉原者にもそうはおらんぞ」

「やはり真の話か。『謹慎』中にえらい企てをしたんじゃありませんか」

「政吉さんや、遠い異国から大砲を積んだ帆船が和国に来る時代じゃぞ、京と江戸、お互いがよきところを学んでな、お客人を喜ばせぬと、ご時世に吉原も祇園も後《おく》れを取るでな」

「やはり、神守の旦那には驚かされることが多いわ」

と政吉の屋根船は目前に永代橋《えいたいばし》を見ていた。若い助船頭が手慣れた棹捌《さば》きで船を大川の流れに乗せていた。

「磯次《いそじ》、大川河口に出る前に、わしに教えよ」

と助船頭に声をかけた政吉が、

「おお、神守様、汀女先生、この磯次はうちの孫ですよ。娘の亭主は、えた頭の浅草弾左衛門《あさくさだんざえもん》様の手代をしておりましてな、こいつは親父の跡継ぎより船頭がいいってんで、牡丹屋に見習奉公の最中ですよ」

と政吉が珍しく身内だと紹介した。

「うむ、弾左衛門様はつい先ごろ、九代目になったばかりではないか」

と幹次郎が問うた。

「ええ、浅之助《あさのすけ》様がよ、九代目弾左衛門様に就かれたばかりだ。十五歳でよ、この磯と同い歳ですよ」

「親父様が手代ならば、なぜ九代目弾左衛門様を助けてやらないのだな、磯次」

「おれは、九代目と物心ついた折りから、浅、磯と呼び合って悪さでも仕事でもしてきたさ。だがさ、浅之助が九代目になったからには、手代や後見人はたくさんつくさ。おりゃ、そんな中に入りたくねえ。それでよ、爺ちゃんに弟子入りして船頭になるんだ、ひとり働きが好きなんだよ」

と磯次が言い切った。

幹次郎も汀女もなんとなくだが、磯次が九代目弾左衛門から離れた理由は他にあるような気がした。

「爺ちゃん、内海から波が押し寄せてくるぜ」

と磯次が政吉に告げた。

「よし、霊岸島《れいがんじま》に船を寄せねえな。佃島への渡し船には気をつけろ」

「合点だ、爺ちゃん」

十五歳の磯次は、動きも口調もきびきびとしていた。きっと物心つくかつかないかのうちから政吉の船に乗り込んでいたのではないかと幹次郎は思った。

「政吉さんや、どこも代替わりだな」

「三浦屋さんに吉原会所、それに弾左衛門様か」

「政吉さんも隠居して磯次さんに引き継ぐんじゃないかな」

「うちと『えた頭』の跡継ぎといっしょになるものか。弾左衛門様は、公方様を譬《たと》えに出して悪いが、関八州《かんはっしゅう》の闇の公方様のようなお方だよ。磯次が遊び仲間から外れたのは、恐れ多いとか、そんな曰くだろうとみているがね」

と政吉が言った。

磯次は政吉の声が聞こえたはずだが、何も言わなかった。

屋根船は鉄砲洲《てっぽうず》の沖合で佃島との渡し船とすれ違い、浜御殿の手前で築地川《つきじがわ》に入った。政吉は築地川の途中で南への堀に入ったかと思うと、白河藩松平家の抱屋敷の船着場に寄せた。

「政吉さんや、正直申して四半刻で済むか、二刻（四時間）になるか分からぬ。待ってくれるか」

「船頭は待つのが仕事だ、気にしないでくだされ」

船着場には、幹次郎と汀女の知る松平家の家臣平沼平太が待ち受けていた。

幹次郎は平沼に船を泊めさせてくれぬかと願い、了解を得た。汀女が風呂敷包みをひとつ手にしていた。その包みを平沼が持ってくれた。

敷地の一角にあるお香の屋敷には、六歳になった愛らしい薫子とお香が待ち受けていた。

お香に汀女が、

「お久しゅうございます。無沙汰をして申し訳ございませぬ」

と挨拶し、

「薫子様がかように成長なされましたか。父上と母上のよきところを受け継がれ、なんともうるわしいお姫様にございます」

と薫子をうっとりと眺めた。

「お香様、無沙汰をして申し訳ございませぬ。言い訳もしとうはございませぬが、官許の里にはあれこれとございまして、長いことご挨拶に参りませんでした」

「汀女先生、神守様、無沙汰はお互いにございましょう。多忙な最中、本日はようお見えになりました」

三人が言い合い、汀女は浅草寺《せんそうじ》門前で買い求めた人形や神田鍛冶町《かんだかじちょう》の丸屋播磨《まるやはりま》の求肥《ぎゅうひ》など風呂敷包みからひとつひとつ出して見せた。その品を見るたびに薫子の顔が喜びに包まれるのが幹次郎と汀女には分かった。

「ああ、母上のだい好きなぎゅうひです」

と薫子が菓子舗の包みを見て喜びの声を上げた。

汀女は大名屋敷ではなかなか手にできないものを選んでいた。

「お香様、ご存じのように私どもには子がおりませぬ。知り合いに聞いて買い求めたものにございます。差し障りのある食べ物があれば、取り除いてくだされ。持ち帰ります」

とお香の前に差し出した。

「なんとたくさんのお土産を」

と感激したお香に薫子が、

「母上、これはわたしにくだされたものですか」

と尋ね、頷く母親の顔に薫子の表情が、ぱあっ、と変わった。

「お姫様、母上様のお許しがあれば手にお取りください」

汀女の言葉に薫子がふたたび母親を見て、そっと人形を取り、胸に抱いた。

そのとき、

「薫子、よきものを頂戴したな、礼を申したか」

と言いながら父の松平定信が座敷に姿を見せた。定信は他人からの贈り物はことごとく受け取らないことを薫子も承知していた。だが、この場は「身内」扱いとして受け取ることを許したのだ。

「お人形やあまいお菓子をいただき、有難うございます」

「お姫様、気に入っていただき、私ども、嬉しゅうございます」

幹次郎は数年ぶりに会った定信の顔に深い疲れが刻まれていることを見てとった。だが、表情に一切見せず、そのことに触れなかった。ただ、平伏して定信を迎えた。

「神守幹次郎、いや、ただ今は吉原会所の八代目頭取四郎兵衛であるか。最初に話を聞かされた折りにはまさかと思うたが、とくと思案致さば、そなたほどの人材は城中にもおらぬ、先代の四郎兵衛は死して立派な跡継ぎを選んだな」

定信の口調には七代目の死だけではなく、どのような殺され方かまで承知の気配が窺えた。

「本日は、ご老中のご存じの、吉原会所の陰の者、神守幹次郎めとして参りましてございます」

「そなた、二役をこなすとは予以上に厄介な生き方をしておらぬか」

「とんでもなきことにございまする。多忙極まるご老中と比べられるほどの働きなどなしておりませぬ。なにしろそれがしの出自が出自ですから」

「豊後岡《おか》藩の下士であったな。それがいまや花の都の江戸でも名高い吉原の会所頭取じゃぞ。予以上の出世であろう。のう、お香」

と定信がお香に質した。

定信とお香、幼き折りから兄妹のようにして育ったのだ。そして、お香が抱屋敷に住むようになった経緯には神守夫婦が関わっていた。

「殿、いかにもさようかと存じます」

とにこやかな笑みの顔で応じたお香が、

「お二方には御用がございましょう。私ども、汀女先生と離れ座敷におります」

「さようか、半刻ほど幹次郎を借りてよいか、汀女」

と定信が汀女に断り、無言で会釈した汀女とお香、そして、人形を抱いた薫子が座敷から姿を消した。

ふたりだけになった場に茶が供された。

「神守、のちほど汀女やお香と酒《ささ》を呑みたい、付き合《お》うてくれぬか」

定信の言葉に幹次郎は頷いた。だが、その前にどのような話があるのか、気がかりであった。

田沼意次に代わって幕閣を主導する地位に就いた定信の寛政の改革は、城中の内外で決して評判がよいとはいえなかった。それを定信が承知していることを、疲れ切った顔が物語っていた。

「神守幹次郎、そなた、遠江掛川藩の太田資愛と昵懇じゃそうな」

定信は思いがけないことに触れた。

「ご老中、それがし、『謹慎』の身にて密かに京に滞在しておりましたのはたしか、また京都所司代の掛川藩の殿様とお会いしたのも真のことにございます。されど老中に出世された太田の殿様と昵懇などということがございましょうか。太田様を承知していたのは加門麻にございます、吉原で薄墨と呼ばれていたころ、太田の殿様が客として楼にお上がりになったとか。偶さか私どもが京都所司代のお役所の前を通りかかった折り、行列のお駕籠から麻に声がかかり、後日、祇園にてそれがしもお目見得《めみえ》を許されました」

「神守幹次郎、太田老中とは江戸に戻って会《お》うてはおらぬか」

「吉原会所の一奉公人が老中とお会いするなど滅相《めっそう》もなきことでございます」

幹次郎は定信の話が見当つかぬゆえこう答えるしかなかった。

「そなた、予の屋敷には吉原の裏同心と呼ばれていた時代から出入りしておるではないか。新任の太田どのと会うくらいなんでもあるまい」

と言った定信が、

「神守幹次郎こと吉原会所の頭取がお香や予の娘に夫婦して土産を携えて会いに参るとはこれいかに」

と呟いた。

その瞬間、本日の面談を設《しつら》えたのはお香であったかと察した幹次郎は、親しげな物言いに変えた。これまでの付き合いもあり、また吉原会所の八代目頭取と裏同心とを兼ねた人物の話しぶりに相応しいと思ったからだ。

「まあ、気まぐれとお思いくだされ」

「うむ、気まぐれのう。八代目が気まぐれで予の屋敷に来おるか」

「ご迷惑でございますか」

「城中のだれひとりとしてそのほうのようにずけずけと物を言う者はおらぬわ。こちらの胸のうちを読むのに拘《こだわ》って遜《へりくだ》っておるからのう。屋敷に帰り、気疲れするのはなんと予のほうよ」

幹次郎が大笑した。

「おかしいか、神守」

「八代将軍様のお孫様が気遣いされておることを、幕閣のお方はだれひとりとして知りますまいな、お気の毒な定信様ですな」

「言うな、神守幹次郎」

と定信が怒鳴った。

「それそれ、それでございますぞ」

「なにがそれじゃ」

「ときに感情を剝《む》き出しにしてお怒りなされ。すっきりしますぞ」

「うーむ」

と定信が考え込んだ。

「おかしい」

「何がおかしゅうございますな」

「そのほうと話しておると城中のだれよりも腹立たしいことを言いおるわ。にも拘わらず予は腹が立たぬ」

「定信様は、お生まれになった折りから、大声を出すなどはしたないと躾《しつ》けられて参られましたな。なんぞ事が起こるたびに『賢丸《まさまる》様は、吉宗《よしむね》様の孫にございますぞ』と周りの年寄りどもに諫《いさ》められたのではございませぬか」

「そのほう、予が賢丸であったころを承知しておるか」

定信の問いに頷いた幹次郎が、

「いえ、存じ上げませぬ。定信様は幼きころより公方様に上がられるのを周りに期待されておられましたが、それがし、お長屋住まいの十三石の馬廻り方。まるで身分も育ちも違いまする。定信様とそれがし、ただひとつ、ほぼ歳が一緒なのでございます」

「それなのに、予の幼名時代をよく知っているように言うか」

「当たっておりまするか」

「ふーん」

と鼻で返事をした定信に、

「それそれ、ふーん、などと重臣の前で漏らされると、『吉宗様の御孫がなんたる所業、裏長屋の子の真似をなされますか』、と叱《しか》られませんでしたかな」

「そのほう、よう知っておるな」

感心した定信が、

「そのほう、何しに参った」

と質した。

「事は終わりましたぞ」

「なに、終わったか」

「酒《ささ》を頂戴しとうございますな」

「老中首座の予に酒を強要しおるか」

「いかにもさよう。出が貧乏大名の下士にございますでな」

と言い切った幹次郎の声が合図でもあったかのように、

「殿、酒の仕度がなりました」

とお香の声がして、お香と汀女が膳を運んできた。

四

五つ前、政吉と磯次の屋根船に乗った神守幹次郎と汀女は、大川を遡上していた。

白河藩抱屋敷にて老中松平定信とお香と酒を酌み交わし、二刻近くもいたことになる。話をしたのは主に定信とお香のふたりだ。幼きころの罪もない思い出話だった。

幹次郎と汀女は、これまで幾たびか断片として聞いていた話をふたりの問答から楽しんだ。おそらく定信にとって神守夫婦は、なんの利害も考えずに付き合える相手なのだろう。

寛政の改革を推し進めてきた定信は、思った以上に財政改革が進んでいないことを気に病んでいた。だが、このふたり相手ならば政も改革の遅滞《ちたい》も忘れて、楽しい話に終始できた。

「八代目、まさか白河の殿様と酒を酌み交わしたんじゃないよな」

政吉船頭が神守幹次郎に質した。

「老中首座の松平定信様とか」

「あり得ないな」

「それがそうなのだ。信じられるか」

政吉が幹次郎から汀女に視線を移した。

汀女がこくりと頷いた。

しばし間を置いた政吉が、

「魂消たと言いたいが、神守夫婦は人の心を開かせる名人だよな。老中も城中で談議する固苦しい話はなさらないだろうが」

「政吉船頭、われらは、政やご改革の話はできぬでな。吉原の苦労話もせず、ひたすら定信様とご側室お香様の幼きころの話を聞かされて酒を馳走になった。それがし、ふだんの量を超えて頂戴した」

「殿様も結構お呑みになっておられました。今ごろはお香様と薫子様の傍らでお休みになっておられるのではないでしょうか」

「白河の殿様は真っ正直なお方だよな。だがよ、政治も商いも正直一辺倒ではどうにもなるまい。ときにさ、己の考えを忘れてよ、おまえ様方ふたりと楽しく時を過ごすことは大事だぜ。もっとも、一介の船頭風情が老中様に偉そうに言うこっちゃねえがな」

「定信様は、八代将軍吉宗様のお孫様にして、幼いころから明晰《めいせき》と評されて公方様になられるのが当たり前と思われていたお方だ。それが田沼意次様に江戸から放逐されて白河に行かされた。定信様は生まれて初めて屈辱を味わわれたであろう。だが、もはや田沼親子はいない、その田沼様が握っておられた幕閣をいまや掌握しておられて、公儀の財政改革をなんとしても成功させたいと考えておられる。政吉船頭の評したように真っ正直なご気性が城中で決してよい方向に作用しておるように見えぬ。白河藩の立て直しと、幕府の改革とには、やはり大きな違いがある。定信様の前では、『いかにも申されること然《しか》り』と応じる幕閣が陰に回って反対しておられることも承知ゆえ、腹立たしいことであろう。いま少し、忌憚《きたん》ない問答が幕閣や重臣方となされるとよいのだがな」

と幹次郎はつい酔った勢いで今宵の感想を述べた。

「神守様よ、今宵みたいに白河の殿様と話をなさる機会を作られたらどうだ」

「政吉さん、定信様とお会いしたのは何年ぶりか、いまやそれがしの表の顔は、官許の遊里、吉原会所の頭取だぞ。老中首座の定信様と偶にお会いするゆえ、かようなことも許された。だが、八代目四郎兵衛が抱屋敷とは申せ、そうそう訪ねてお会いできるものか」

「そうか、そうだな」

と政吉船頭が半ば得心したように言った。そして、ふと気づいたように孫の磯次に、

「磯次、ただ今聞いた神守様との問答はだれにも話してはならぬ」

と厳しい口調で言い放った。

「爺ちゃんよ、船頭になった折りからお客の話は船に置いていけ、と言い聞かされてきたよな。心配するねえ、爺ちゃんの面目を潰す真似はしねえよ」

とこちらも言い切った。

いつの間にか屋根船は、隅田川と山谷堀の合流部に近づいていた。

「神守様よ、汀女先生と柘榴の家に帰られるかえ」

「いや、それがし、牡丹屋で姉様が持参してきた衣服に着替えて、吉原会所に顔を出そうと思う」

「ならば汀女先生はうちの若い衆に送らせよう」

と政吉が約定してくれた。


衣服を着替え、腰に銀煙管の煙草入れを差した四郎兵衛に、布に包まれた大小を磯次が抱えて従い、土手八丁をゆっくりと歩いていた。

刻限は四つ(午後十時)前か。

土手八丁を凄い勢いで駕籠がふたりを追い抜いていく。むろん見返り柳を横目に衣紋坂から五十間道を進んで吉原の大門前に向かう遊客の乗る駕籠だった。

「磯次、腹は減ってはおらぬか。うっかりと政吉爺様とそなたの腹具合を忘れておった」

「四郎兵衛様よ、爺ちゃんは牡丹屋を出る折り、握りめしを作らせて屋根船に載せていたんだよ。だから、腹は空《す》いてなんかいないよ」

と磯次が答えたとき、ふたりの行く手に三人の浪人者がなんぞ待ち構えるように立っていた。吉原の大門を潜ろうという手合いではない、三人からどことなく怪しげな気配が漂っていた。

「磯次、私の後ろに従いなされ」

とそれまで四郎兵衛を先導するように前を歩いていた磯次に言った。

「あいつらかい、四郎兵衛様から金子でもふんだくろうって考えてやがるかね」

大小を布包みにして持つ磯次は、平然とした口調で言った。

「金子目当てかな」

と四郎兵衛が首を傾《かし》げた。

三人の浪人者が四郎兵衛と磯次に向かって歩いてきた。そして、二間（約三・六メートル）ほどのところで立ち止まった。

「なんぞ御用でしょうかな」

四郎兵衛の酒はほぼ船旅で醒《さ》めていた。だが、酒の匂いは相手にも分かろうと四郎兵衛は思った。

三人は無言だった。

背丈は五尺七、八寸（約百七十三〜百七十六センチ）か。よく似た体つきだった。

（兄弟であろうか）

と四郎兵衛は考えた。

「通らせてもらいましょうかな」

すると三人のうちの一番年かさと思える浪人者が両手を広げて、

「吉原会所の八代目頭取というのはそのほうか」

と房州《ぼうしゅう》辺りの訛《なま》りで質した。

「いかにも四郎兵衛は私でございますがな、お侍様」

四郎兵衛がゆったりとした返答で応じた。

「そなたに恨みつらみはない。いささか金子に窮してそなたの命を絶つことを請け合ってしまった」

不逞の輩に見えた浪人者は正直に経緯を述べた。三人兄弟は、道場破りなどで糊口《ここう》をしのいできたのか。

「ほう、どなたから頼まれましたな」

「金主《きんしゅ》の名を口にできるわけもない」

「律儀ですな。前払い金は頂戴されましたかな」

「前払い金は、二割もらった」

「いくらですかな」

四郎兵衛の問いに相手は、二両とうっかり答えていた。

「この四郎兵衛の命、十両でございますか。えらく安く見積もられたものですな。もしそなた様方がこの四郎兵衛の命を絶ったとしても残りの八両はもらえますまい」

と四郎兵衛が長閑《のどか》な口調で言い切った。

「なに、約定したのだ、さようなことは許さぬ」

「私がこの場で十両を差し上げると言うても、二両ぽっちの前払い金の主に義理立てなされますかな」

「兄者《あにじゃ》、この者の口車《くちぐるま》に乗ってはならぬ。叩き斬って残りの金子を受け取りに参るぞ」

と末弟《まってい》と思しき浪人者が急かせた。

四郎兵衛には、どうやらこの三人兄弟に依頼した者はこの近くにいるという風に聞こえた。

「よかろう」

長兄《ちょうけい》が末弟に応じて刀の鯉口を切った。ふたりの弟たちは長兄の行動を見守る気配だった。

「四郎兵衛様よ、刀を渡そうか」

磯次が四郎兵衛の背後から質した。

「いや、要るまい」

と四郎兵衛が答え、

「なに、そのほう、町人ではないのか」

と長兄が問うた。

「ただ今は吉原会所の八代目ゆえ町人でございます」

と四郎兵衛は丁重に答えた。

「刀を差せば武士というか」

「はい、いかにもさようです。私、長年吉原会所の裏同心なる用心棒を務めて参りましたので、そなた様方が武士と称されるならば、この私も武士に変ずることくらいできます。されど、お三方相手に刀は要りますまい。この銀煙管で応対させてもらいます」

と四郎兵衛が銀煙管を革鞘から抜くと、構えた。

「われら、神道無念流《しんとうむねんりゅう》の免許持ちぞ、愚弄《ぐろう》するか」

と言いながら長兄は悠然と刀を抜こうとした。

その瞬間、四郎兵衛の動きが豹変《ひょうへん》した。

一気に間合いを詰めた四郎兵衛が刀を抜こうとした長兄の右手の甲を銀煙管で叩き、さらに鳩尾を突いた。刀を落とした長兄が前屈みに崩れ落ちた。

一瞬の勝負に次弟と末弟は茫然自失していた。

ゆっくりと銀煙管の火皿が回り、弟ふたりを指し、

「見ての通り、お手前《てまえ》方の腕ではこの四郎兵衛は斬れませぬ。今晩は許します、長兄を連れて引き揚げなされ」

と四郎兵衛が命じた。

その言葉にがくがくと頷いたふたりの弟が長兄の刀を鞘に戻し、両手を左右から抱えて船宿牡丹屋の方角に引きずりながら退っていった。それを見た四郎兵衛が、

「磯次、あやつらを尾行してみなされ。住み処《か》はさほど遠くはあるまい。よいですか、危ない真似は決してするのではありませんよ、相手の居所が分かればそれ

でいい」


「四郎兵衛様よ、この界隈はおれの遊び場だよ。必ずあやつらの居所を捜し当ててみせるぜ」

と言い残した磯次が四郎兵衛に布包みの大小を渡すと、山谷堀の葦《あし》の生えた河原に下りて、葦の間に潜り込んで姿を消した。


四郎兵衛が大門を潜ったとき、長吉らが帰りを待ち受けていた。

「待たせましたかな」

「何があってもいけませんでな、なんとなくお帰りを」

「待っておられたか。小頭、汀女も柘榴の家に戻っておりましょう。牡丹屋で私が着替えを済ませてから、若い衆に送られていきました」

と長吉らに告げた四郎兵衛が会所の表口から入り、奥座敷に上がろうとした。

すると板の間に嶋村澄乃が控えていて、四郎兵衛が手にしていた布包みの大小を受け取るために両手を差し出した。澄乃の父は浪人とはいえ、武士の気概を死のときまで持っていた。ゆえに吉原会所で八代目頭取と神守幹次郎の二役をこなすことになった人物が片方の役からもう片方の役に変わる折り、澄乃がその相手方を自然に受け持つことになった。そんな澄乃が大小を手に奥に消えると、そこへ番方の仙右衛門が姿を見せた。

「おや、番方まで待たせましたか」

「白河藩の抱屋敷ではお香様と話が弾みましたか」

仙右衛門の問いに四郎兵衛は八代目の座に座り、

「お香様ばかりか老中松平定信様が同席されましてな」

「やはりご老中が、なんぞ格別四郎兵衛様にお話がございましたかな」

と仙右衛門は定信が同席したと聞き、話の内容を案じた。

「酒と膳が出る前に私とご老中とふたりだけで話をしました。いえ、吉原に何ごとか命じるというものではございません。私が八代目四郎兵衛に就いたことへの祝いの言葉を述べられ、そのあと、雑談をしばしました。最初、お疲れになっておられたお顔が話をしているうちに、なんとなく和《なご》やかな表情に変わられ、ときに笑みを漏らされるようになりました。城中とは違い、私との話は、政や財政改革ではありませんでな、お気が楽であったからでしょうか」

四郎兵衛の言葉に最初驚きの顔を見せた仙右衛門が、

「いえ、それぱかりではありますまい、八代目頭取は、どなたが相手であっても含みがございませんでな、定信様は心を開かれたのでございましょう」

仙右衛門は、神守幹次郎・汀女夫婦といっしょに白河城下までお香を迎えにいった間柄だ。それだけに老中首座の松平定信にはだれよりも関心を寄せていた。

「廓にはなんぞ騒ぎなどありませんでしたかな」

「五丁町には格別な騒ぎはございません。まあ、いまひとつ客の入りが少ないことが気がかりといえば気がかりです」

「商いはよいときも悪しきときもありましょう」

「いかにもさようです」

と応じた仙右衛門の胸のうちを四郎兵衛は察することができた。ただ今の吉原の景気の悪さは松平定信の寛政の改革に密に関わっていると言っていた。

そこへ澄乃が茶を盆に載せてふたりに供するために奥座敷に入ってきて、

「お帰りなさいませ」

と改めて四郎兵衛に挨拶した。

「みなを不安にしましたな」

「いえ、私は」

「廓内は穏やかであったと番方から聞いたばかりです」

四郎兵衛の言葉に、澄乃の顔に微《かす》かに緊張が走った。

その緊張に応えるように、

「土手八丁でな、私を待ち受けておる三人兄弟の浪人者がおりました。どなた様からか私の命を取るように乞われたそうな。いえ、私の命は十両だそうで、二両の前払い金を受け取ったとか。まあ、在所の道場破り程度の行いをなして生きてきたようですが、あれでは江戸で暮らすのは難しゅうございましょうな」

と四郎兵衛が言い、番方が、

「その三人兄弟の殺し屋はどうなされましたな」

「政吉船頭の孫磯次が本日の白河藩抱屋敷行《こう》に従ってくれました。牡丹屋で神守幹次郎から四郎兵衛へと形を変えたあとも、大小を携えて吉原まで従ってくれました。そんなわけで三人兄弟のあとを磯次が追っかけていきましたで、三人の塒《ねぐら》が今晩じゅうにも分かるかもしれません。となると殺しを乞うた相手と連絡《つなぎ》が取れましょう。磯次には危ない真似は決してするなと命じてございます」

と四郎兵衛が事情を告げた。

「なんとさようなことが、三人兄弟は気の毒な目に遭いましたか。三人の力を見抜けぬような殺しを頼んだ者に見当がつきますかな、四郎兵衛様」

と仙右衛門が問うた。

「そうですね、御免色里の内か外かと申せば、この四郎兵衛の命を狙うのは廓内の御仁ではありませぬかな」

と推測を述べた。

「となると妓楼の主でしょうかな。このところの騒ぎで廓内の妓楼の主のかなりの人数が交代して外から新たな人物が入り込んでおりますでな、四郎兵衛様の恐ろしさを知らぬ御仁もおりましょう」

仙右衛門が四郎兵衛の推論に賛意を示した。

「番方、澄乃、そのような人物に思い当たる者はおらぬか」

「いいや、忙しさに紛れてさようなことは考えませんでした。間違いなく知多者や老舗の妓楼、引手茶屋の主ではありますまい。この一年余に廓内の沽券《こけん》を得た者のうちから絞り込んでみます」

澄乃は沈黙したまま考えていた。だが、直ぐには思いつかないのか無言を続けた。

「磯次が今晩にも戻ってくるかもしれません。私もこちらに泊まります」

と四郎兵衛が言い、澄乃の供した茶碗に手をかけた。

磯次は引け四つ近くになっても吉原会所に姿を見せなかった。そこで澄乃と金次が牡丹屋に行き、磯次が船宿に戻ってきたかどうか尋ねた。

不寝番《ねずばん》をしていた船頭の秀一《ひでいち》が、

「磯次がどうしたって、この刻限だぜ、長屋に戻ってないか」

と応じた。

政吉の長屋は山谷堀今戸橋《いまどばし》を渡った慶養寺《けいようじ》の門前、浅草今戸町にあった。牡丹屋の長屋でこの長屋の差配を一族がしながら住んでいた。

九つ(午前零時)を回った刻限、政吉一家は眠りに就いていた。

ふたりが長屋の木戸の前で、どうしたものかと迷っていると灯りが点り、行灯《あんどん》を手にした政吉が姿を見せた。

「どうしたえ、会所の衆よ」

「政吉父つぁん、磯次は戻ってきたかえ」

「牡丹屋に泊まってねえか。なにっ、いないってか、ならば吉原会所ということはないよな」

と政吉がふたりの様子を見て、事情を告げよと無言で命じた。

澄乃が手際よく経緯を告げた。

その話を聞いた政吉が、

「案ずることはあるめえ、磯次はあれでなかなか度胸もあるし慎重に考えて動きやがる。明日にも吉原会所の八代目に会いに行くぜ、間違いねえ」

と自分に言い聞かせるように言った。

澄乃と金次は不安を抱えて吉原会所に戻った。

話を聞いた四郎兵衛は、

「政吉父つぁんがそう言ったか。ならば待つしかあるまい」

と応じた。

その夜、ついに磯次は吉原会所に戻ってくることはなかった。

第四章　磯次の暗躍

一

未明、大門にうっすらと日が昇ると明烏《あけがらす》が刻限を告げるように鳴いた。仲之町をさっさっさと箒《ほうき》の音をさせて非人たちが掃除をしていく。

吉原会所の二階の格子の隙間から四郎兵衛は大門を見ていた。手の銀煙管を弄《もてあそ》びながら、じいっ、と大門で馴染の客と遊女が後朝《きぬぎぬ》の別れを演じる光景を見ていた。大門外では客を乗せた駕籠が五十間道を衣紋坂に向かって駆け出していく。

四郎兵衛は駕籠とすれ違い入ってくる人影を見た。まだ大人になり切れていない磯次の姿だった。

四郎兵衛は銀煙管を革鞘に入れて階段を下りると広間に向かった。そこには番方の仙右衛門や若い衆が磯次を待って夜明かししていた。

四郎兵衛の不意の登場に若い衆たちが寝ぼけ眼《まなこ》で見た。

腰高障子を開けて土間に磯次が飛び込んできた。

若い衆が、おおっ、と声を上げた。

磯次のきらきらした眼差しがひと晩の夜明かしの功を物語っていた。

「ご苦労だったな、磯次」

と四郎兵衛が優しくも声をかけた。

「へっへっへ、ご一統に心配かけたな」

と笑った磯次が、

「あいつら、江戸をよく知っちゃいねえな。両国橋《りょうごくばし》を渡ったところまではいいさ、回向院《えこういん》裏でさ、あっちに行きこっちに行きしてさ、結局竪川《たてかわ》筋の、本所松坂《ほんじょまつざか》町《ちょう》の破れ塀の中にある一軒家を見つけて入っていきやがったんだよ。あそこはな、松坂町の五郎蔵《ごろぞう》が仕切っている賭場《とば》でさ、賭場にあの恰好で入っていってさ、五郎蔵の代貸《だいがし》、留十郎《とめじゅうろう》に怒鳴りつけられてよ、三人して外蔵に放り込まれたんだよ。あいつら、どうなんのかねえ、殺されるってことはないよな」

と三人の浪人兄弟の身を案じた。

「ほうほう、よう本所界隈も承知ですね」

「八代目、おりゃ、船宿の小僧だぜ。爺ちゃんの客は、あの界隈にもいるんだよ。だからさ、承知なんだよ」

「よし、そのあとの話は座敷で聞こうか。番方、同席してくれないか」

「へえ」

仙右衛門が返事をして四郎兵衛が磯次を招《しよう》じながら、

「澄乃、話が終わったら山口巴屋の湯を借りたいと願ってくれないか、それから朝餉もだ。金次、おまえさんは牡丹屋と政吉船頭の長屋に走って、磯次は無事だと告げてくれませんか。もう少しお孫どのをお借りしますとな」

と命じた。

「合点だ」

と返事をした金次が飛び出していき、澄乃が四郎兵衛に頷き返した。

ひと晩夜明かしして顔じゅう煤《すす》と汗みどろの磯次が、

「ふーん、吉原会所の頭取ってのはこんな座敷に控えているんだ」

と床の間の掛け軸を見た。

「磯次、眠くはないか」

「ひと晩やふた晩夜明かししたって赤ん坊じゃないんだ、大丈夫だよ、八代目」

と磯次が応じたところへ、澄乃が温《ぬる》めに淹れたお茶と大福を持ってきた。

「差し当たってお茶を飲んで目を覚ましてね」

「澄乃さんよ、おりゃ、眠っちゃいないぜ。だけど、その大福食っていいか」

「もちろんよ」

と澄乃の返事に大福に手を伸ばしかけた磯次が、

「ああ、話が先だよな」

「大福を食うくらいの時はありますよ」

「そうかい、昨日、昼下がりに握りめしを食ったきりでさ、腹が空いたんだよ。回向院の塀外に夜鳴き蕎麦屋がいたんだけど、銭は持ってないし、そのうち店仕舞いしやがってさ」

と言いながらふた口で大福を食い、お茶をがぶ飲みした。そのあと、いきなり話が再開された。

「あのな、松坂町の五郎蔵は三代目なんだよ。なんでも三代目はやわだよな、『売り家と唐《から》ようで書く三代目』っていうんだよな、爺ちゃんの客が教えてくれたんだ。そんでな、初代の爺様と二代目は、しっかりとした親分でよ、あの界隈で祭礼があるとよ、存分に包金《つつみきん》を出してよ、大雨の折りは炊き出してよ、裏長屋の連中に食わせたんだってよ」

「ほう、政吉の爺様から聞いたか」

「ああ、爺ちゃんと馴染の客の問答で知ったことだ」

「うんうん、話の腰を折ったな」

「いいってことよ、八代目。で、どこまで話したっけ。おお、三代目の五郎蔵はさ、金に滅法《めっぽう》しわいんだってさ、あの界隈の博奕《ばくち》好きを集めてよ、すってんてんになるまで吐き出させるんだってよ、そんで借財を作らせておいて払えないとなると、娘がいれば四宿やこの吉原にも叩き売って賭場の借財を払わせる。爺様と親父は、仏の五郎蔵と呼ばれたけどよ、三代目の五郎蔵は、鬼の五郎蔵と呼ばれているんだ」

「ほうほう、そなたの前では下手な話はできませんな。よく覚えておられる」

「八代目、船頭は耳年増だけどよ、他人にくっ喋《ちゃべ》ってはいけないことは口が裂けても話さないんだ。でも、ここでの話は別だよね、八代目」

と磯次が念押しした。

「ああ、そなたも承知のように私が昨晩襲われた一件に絡んでのことですのでな。で、鬼の五郎蔵は、この吉原のどこの妓楼とつながってますな」

「京二にさ、大見世の豊遊楼《ほうゆうろう》って楼があるか、八代目」

四郎兵衛が仙右衛門を見た。

「四郎兵衛様が京におられた時分、前の妓楼の主から居抜きで楼を買って屋号が変わったんですよ。私どもに提出された沽券によると、買った相手は東海道《とうかいどう》三島《みしま》宿《しゅく》の船問屋と旅籠三島屋の主、三左衛門《さんざえもん》となっていますがね、まさか、松坂町の鬼の五郎蔵と知り合いでしたか」

仙右衛門も本所松坂町の鬼の五郎蔵は承知らしく驚きの顔で言った。

「どうしたもので」

「前は寿楽楼《じゅらくろう》って屋号でしたが、遊女も奉公人もそのままという話でしたがね、古手の奉公人は結局数月うちに楼から追い出されました。待ってくださいよ。寿楽楼の番頭だった砂五郎《さごろう》さんが五十間道の外茶屋で男衆をやっていますよ。あの御仁ならば、豊遊楼の内証《ないしょう》のことも摑んでいましょうな。密かに会所に呼びますか」

「いや、今日の昼時分に牡丹屋で砂五郎さんと会えませぬか。廓内に砂五郎さんの姿があるのを相手方に知られることも考えられる」

「八代目の仰《おつしや》る通りだ、そう手配しましょう」

と仙右衛門が応じた。


牡丹屋に元寿楽楼の番頭の砂五郎がやってきた。対面したのは四郎兵衛と仙右衛門のふたりだ。

四郎兵衛は砂五郎の顔を漠然《ばくぜん》と覚えていた。

「裏同心の神守幹次郎様が会所頭取の八代目におなりとはびっくり仰天ですよ」

開口一番の言葉だった。

「私自身が未だ驚いております。何かの間違いではないかと思うております」

「八代目、私、先代の四郎兵衛様の死に様を偶然にも承知しております。当然、先代の仇を討たれたのは神守幹次郎様ですね」

こんどは四郎兵衛と仙右衛門が驚く番だった。

「うちの外茶屋の二階から大門の外が見えるのですよ。あの未明、私が厠《かわや》に行って部屋に戻ろうとして偶さか」

「ご覧になりましたか」

「へえ。あの一件、だれにも話しておりません」

と砂五郎が言った。

大きく頷いた四郎兵衛が、

「砂五郎さん、そなたの知恵を貸してくだされ。また吉原に新たな難儀が迫っているやもしれませんでな」

「八代目、私がいた寿楽楼についてですね。三島宿の旅籠の主という三左衛門さんが新しい楼主になり、前の楼主が願っていた居抜きでの商い、遊女も奉公人もそのまま雇うという約定はことごとく反故《ほご》にされて、私は辞めざるを得なくなりました。

まず遊女の借財に利がついて借財がどんどんと増えていきます。さらにそのことに異を唱えると、私のように脅されて廓の外に放り出されます。先代にこれまでの給金を預けていた奉公人は、そんな預り金など知らぬ存ぜぬの一点ばりで裸同然に叩き出されたのです」

四郎兵衛は驚いた。

「なぜ吉原会所に相談なされなかった」

「神守様、番方の前だが、そなたがいなくなった吉原会所は無力でしたよ。相談したことが分かると命さえ危うかった」

顔を伏せた番方が、すまねえ、と小声で詫びた。

「砂五郎さん、ただ今の段階ではなんの約定もできません。ですが、万分の一ですが失った金子を取り戻せるかもしれません」

と四郎兵衛が吉原会所の失態をなんとか収めようと言い、さらに質した。

「豊遊楼の三左衛門さんは最前東海道三島宿の旅籠の主と申されましたが、さようですかな」

四郎兵衛の念押しにしばし砂五郎が間を置いた。そして、首を大きく横に振った。

「違いますか」

「豊遊楼と変わって楼を辞めさせられた直後、私は大門前から駕籠で出ていく三左衛門を尾《つ》けました。ええ、咄嗟《とっさ》にそう判断したんです、あの三左衛門が旅籠の主から妓楼の主に鞍替えしたには曰くがありそうに思ったのです。短い間の主ですが、あの男は並みの男ではないと思ったんですよ。

駕籠を永代橋の西詰で降りた三左衛門を橋下に小舟が待っていましてね、迎え舟です。海に出られるともはや私の打つ手はありません。未練げに橋上から見ていると、佃島の沖合に泊まっている武骨な千石船《せんごくぶね》、いえ、その倍の大きさはありそうな帆船に小舟が横づけしたではありませんか」

「なんと、さようなことまでご覧になっておられましたか」

四郎兵衛の問いに頷いた砂五郎が、

「八代目、私は、ここまで見聞した以上、中途半端はいけないと思ったんです。鉄砲洲に渡り、佃島行きの渡し船に乗って三左衛門が小舟から乗り移った大きな帆船を少しでも近くから見ようと考えたんです。たしかに商い船に模してはございますが実に武骨、まるで軍船《いくさぶね》のように見えました。そこへ佃島の住人の年寄りが、私に寄ってきて話しかけてきました」

と一時の主の名を敬称も付けず呼び捨てにした。


「おまえさん、三島丸《みしままる》に用事かね」

不意だったもので驚いて首を横に振ると、

「あの船は元々摂津新丸《せっつしんまる》といった千六百石船だったがな、いつの間にか軍船のように改装されて三島丸と船の名を変えておるわ」

「なぜでございましょう」

「さあてな、はっきりしたことは分からんがな。ありゃ、交易船ではないぞ」

「と申されますと」

「今の船主に代わってな、二、三隻《せき》の千五、六百石船をもって三島湊の船問屋三島屋と称しているが、ありゃ、違うな、正体は外海に出てのう、交易帆船を襲い、船頭以下乗組みの水夫《かこ》を殺して積み荷を強奪する海賊商いよ。あんたもよ、これ以上あの船に近づいたら危ないぞ、前の船主も大方殺されて外海に投げ込まれているんじゃないか」

と佃島の年寄りが言い切った。

四郎兵衛も仙右衛門も砂五郎の話にしばし茫然として言葉を失った。

「私は佃島の年寄りの言うことを信じました。それでこれ以上、豊遊楼の三左衛門に近づくまいと用心しました、これが私の知る三左衛門のすべてです」

四郎兵衛も仙右衛門も砂五郎の話の真偽を己に問うていた。

「八代目、私の、いえ、佃島の年寄りの見方が信じられませんか」

「砂五郎さん、直感ですがな、佃島沖に停泊する帆船を無数見てきた年寄りの言うことです、そう外れてはいますまい。砂五郎さん、ようも私どもに話してくれました。これからは吉原会所と三島丸を所有する吉原の妓楼の主、三左衛門一派との戦いになります。力を尽くすと約定致しましょう。よいですな、佃島の年寄りが申された言葉、守ってくだされよ」

と四郎兵衛は念押しして船宿牡丹屋を辞去させた。

仙右衛門とふたりになった四郎兵衛は、

「えらい悪党が吉原会所の妓楼の主になったものですな。三左衛門め、回向院裏の松坂町の五郎蔵なんて小悪党に私の殺しを手伝わせて、正体をさらしたのはしくじりですな。さあて、どうしたもので」

と番方を見た。

「豊遊楼の三左衛門をうちの手で改めて調べ直されますか」

「砂五郎さんの言葉を信用しないわけではありません。ですが、外海で交易帆船を襲うような海賊となると慎重に調べた上で、一気に勝負に出るほか手立てはありませんな」

と言った四郎兵衛は、牡丹屋に同行していた澄乃を呼んで、砂五郎のした話を聞かせ、砂五郎の朋輩だった奉公人や遊女たちから密かに話を聞き出すことを命じた。澄乃は、

「分かりましてございます」

と答え、

「火の番小屋の新之助さんに手伝ってもらってようございますか」

と許しを乞うた。

「許します。ですが、くれぐれも慎重にな」

と念押しした。

澄乃が牡丹屋から吉原に戻ったあと、仙右衛門が、

「わっしは豊遊楼の動きを見張っております。八代目、それでよろしいですかな」

「番方、任せます。こたびの厄介、そなたらに言うたように慎重を期《き》さねばなりますまい。ですが、いつまでも野放しにして吉原を食い物にされたくありませんな」

「いかにもさようです」

と応じた仙右衛門に、

「私はこの牡丹屋で文を何通か認めてから会所に戻ります」

と四郎兵衛はひとり牡丹屋に残ることにした。

筆、硯、墨と巻紙を借り受けた四郎兵衛は、まず身代わりの左吉に事情を告げるべく、三島宿の船問屋・旅籠の主にして吉原の妓楼の主の三左衛門の正体を左吉の視点で調べるように願う文を書いた。そして、南町定町廻り同心の桑平市松に二通目の文を書きかけたとき、牡丹屋の二階座敷に人の気配がして、磯次が顔を出した。

「おお、磯次か。少しは眠ったかな」

「おおさ、三刻（六時間）はぐっすり寝たからよ、大丈夫だよ」

「そなたの手柄をなんとしても形にしたいで、あとは私どもに任せなされ」

と磯次に願うと、

「四郎兵衛様よ、爺ちゃんがよ、そわそわしていては舟の動きが悪い。気がかりなれば四郎兵衛様方の手伝いを最後までしろって、言うんだよ。何かやることはないか」

と言い出した。

磯次の気持ちを汲んだ四郎兵衛が、

「もうしばらく待ちなされ。二通目の文を書き終えたら、このふたつの文を私の言う知り合いに届けてくだされ。ひとり目は、馬喰町の裏路地にある煮売り酒場、虎次親方の店にいるはずの身代わりの左吉さんに、もう一通は南町奉行所同心の桑平市松どのに宛てた文です」

としばらく待たせたあと、磯次に何がしかの金子を与えて使いに出すことにした。すると磯次が、

「四郎兵衛様、身代わりの左吉さんと南町奉行所の同心桑平市松様に宛てた文だな、ふたりとも当人に直に渡すんだよな」

「いかにもさようです」

と磯次を使いに出したあと、四郎兵衛はしばし思案した。

これだけの大仕事となると、最後の決着は公儀の然るべき立場の人物の力を借りる要があると思った。四郎兵衛の頭には、老中首座松平定信と、老中太田資愛のふたりが浮かんでいた。だが、書状などで助勢を願うのはいささか早計と思えた。そこでふたりへの書状を書くのを数日放念することにした。

四郎兵衛は牡丹屋から柘榴の家に向かった。こたびの難儀で当分家に戻ることはできまいと思っていた。そこで、そのことを告げておこうと思ったのだ。

柘榴の家では猫の黒介と犬の地蔵が四郎兵衛の気配を知って門前まで迎えに出

てきた。この家付きの黒介は泰然としていたが、地蔵はさほど広くもない庭を飛び跳ねて喜んだ。

母屋の入り口に麻とおあきが迎えてくれた。

「また厄介ごとが生じているそうですね」

「そうなのだ。で、当分の間、吉原会所に寝泊まりすることになる。ゆえにそのことを告げに来たのだ」

「幹どの、姉上と私、本日夜、見番の小吉さんを当家にお誘い致しました。京との企てのこと、お話し致します」

「そうか、小吉さんには私とそなたが京に滞在していた曰くを私からもちらりと話してあります、その上で近々に相談したいことがあるゆえ、暇を作ってくだされと願ってありました。私もその集いに出られればよいが」

と四郎兵衛が案じる言葉に、

「幹どの、こちらはこちらでできることをやりますゆえ、どうか気にしないでくだされ」

と応じた麻が、

「未だ慣れませぬ」

「うむ、何が慣れぬのかな」

「その言葉遣いと身形《みなり》でございます。幹どのは一見八代目の頭取をこなしておられるように見えまする。ですが、私にはただ今眼前のお方が吉原会所の八代目とはとても思えませぬ。どなたか他人様を見ているような」

「麻、私とて慣れたわけではない。常にただ今四郎兵衛、次は神守幹次郎と言い聞かせてようやくこうなのだ。そなたらが慣れてくれぬと、四郎兵衛役がこなせぬ」

ふたりの問答に笑いをこらえたおあきが、

「私は、四郎兵衛様役もなかなかと思っておりますよ。麻様とて、薄墨太夫から加門麻様に変身されたことがございましたね」

「そうだ、そなたは二役をこなした大先達《だいせんだつ》ではないか。私の身になってみよ」

「はいはい。いかにもさようでした、四郎兵衛様」

と麻が応じて、俄《にわ》か四郎兵衛は、なんとなく気落ちした。

「四郎兵衛様、加門麻は、神守幹次郎様が大好きなんです。ただそれだけなのです。おあきのように割り切れるとよいのですが。そうだ、姉上はどう思っておられるか、今晩にも訊いておきます」

との言葉に見送られた四郎兵衛の柘榴の家帰宅は、わずかの暇に終わった。

二

八代目四郎兵衛が吉原会所に戻ったとき、夜見世が始まろうとしていた。待合ノ辻にはそれなりの客がいた、大半は素見《ひやかし》だ。上客は仲之町に留まることはない。長年の付き合いの引手茶屋に上がり、一服している刻限だ。清掻の爪弾きが気怠《けだる》くも艶に始まった。

会所の土間に磯次がいた。

「もう帰っておったか」

「おうさ、馬喰町の虎次親方の店で身代わりの左吉さんに直ぐ会えたからな。その場で文を読んでもらったのさ。左吉さんは、承知したと八代目に伝えてくれと返事しなさったぜ。そんでよ、おれがもう一通文を手にしているのを見てよ、この刻限ならば、桑平の旦那は八丁堀の役宅に戻っていようと言いなさるんでよ、八丁堀に走ってな、同心の倅と思しき三人組に、桑平の旦那の役宅を訊いたら、直ぐに教えてくれたからよ、こっちも手間がかからずに桑平の旦那には会えたな。

おりゃ、あの顔には見覚えあったからよ、八代目からの文です、と渡すとその場で文を読み、しばし黙っていたがよ、『次から次に吉原には難儀が降りかかるな』と呟きなさった。そんでよ、つい、『旦那、金の集まるところには難題が降りかかって当たり前、貧乏人のところにはチンケな掛け取りくらいしか来《こ》めえ』と言ったおれの面《つら》を見て、『おまえは会所の若い衆じゃないな』と訊きなさるから、『牡丹屋の政吉の孫でさ、見習船頭だ』って答えたら、『どうりでな』と漏らされたぜ。どういうことだ、おれが政吉爺の孫に見えたということか」

「まあ、そんなところだろう。で、桑平同心の返答はなんだな」

「こりゃ、厄介だが、うまくいけば吉原会所にも公儀にもうまみのある難儀かもしれんというのが返事よ。それで分かるかえ、八代目」

「分かりますよ、政吉爺のお孫様」

「えっへっへへ、政吉爺のお孫様か、こりゃ、いいや」

と磯次が満足げに笑った。

「それにしても馬喰町と八丁堀と回って吉原に戻るのに手早《てばよ》うございますね、お孫様」

四郎兵衛がついでながらと質すと、

「八代目、八丁堀の堀伝いに日本橋川に向かって歩いているとよ、山谷堀に向かう客を乗せたおれの知り合いが船頭の猪牙をめっけたのさ、助船頭をやるから、猪牙の端っこにいさせてくれないかと客と船頭に願ったらよ、さすがに吉原に猪牙で行こうって客だね、『おお、がき、乗りな乗りな』と気安く許してくれたんだ。だから、一気に吉原会所に戻ってきたってわけさ」

「お孫様はなかなか機転が利きなさるな」

と笑い、磯次、少し会所で休んでいなされ、と命じた。そして、思いついたように言い足した。

「ああ、腹が空いているならば、おまえさんも承知の澄乃に願いなされ、隣の引手茶屋の台所で膳を用意してくれるだろう」

「新たな用事はないか」

「今のところございませんな」

と四郎兵衛が奥座敷に向かった。すると澄乃が老犬の遠助といっしょに会所に姿を見せた。

「おお、澄乃さんか」

「遠助といっしょでお腹が空いたのね。待っててね、遠助のエサが先だから」

と言った。

「澄乃さんってよく四郎兵衛様の考えを察することができるな」

「あら、褒めてるの、貶《けな》しているの。どちらです、政吉船頭のお孫様」

「なんだよ、八代目との問答を聞いていたのか。もちろん褒め奉っているのよ」

「船頭さんの褒め言葉を真に受ける客はいないと聞いたけど」

「へっへへ、澄乃さんもよ、隅に置けねえよな。船頭なんぞの言葉をまともに聞く奴はいないよ、こりゃほんとの話」

「そなた様の爺様は、お孫様のような安っぽい言葉は使われませんけど」

「うへっ、吉原会所の女裏同心は、結構言うな。うん、澄乃さんならば女船頭に今日にもなれるぜ。その代わりおれがさ、会所のがき裏同心で交代してもいいぜ」

「お断りよ。私は吉原って御免色里が好きで、神守様と先代の四郎兵衛様のお許しをようやく得てこの場にいるのよ。お孫様のように気軽に仕事を替えられるものですか」

と応じながら澄乃は、見習船頭になったはいいものの、吉原会所の仕事を知り、番方のような奉公人になりたいと磯次は思っているのではと勝手に推測した。

澄乃は磯次と問答をしながら手を動かして、遠助のエサを用意した。引手茶屋山口巴屋の女衆が、お客の膳の残りものや奉公人の賄《まかな》いめしを混ぜて、届けてくれていた。澄乃は、老犬に負担がかからないようなものばかりを選んで夕方のエサを拵え、

「遠助、待たせたわね」

とどんぶりを差し出した。尻尾を二、三度振った遠助がゆっくりとどんぶりに顔を突っ込んだ。

「いいな、遠助はよ、澄乃さんと廓内の見廻りに行ってよ、エサがもらえてよ。おりゃよ、まだ見習だからさ、給金なしなんだよ。爺ちゃんが一人前と認めねえと給金は先延ばしだとよ」

「それで吉原会所に鞍替えしようなんて考えたの」

「ちらりとな、考えねえでもねえ。でも、半端もんの見習が仕事替えだと言ったらよ、爺ちゃんに竹棹で引っぱたかれるな」

「でしょうね。いい、磯次さん、あなたは牡丹屋の見習船頭だから、こうして四郎兵衛様が廓内に出入りすることを許されたのよ。会所の若い衆になったら、最初からやり直し、会所のだれもが今までのような口を利いてくれませんからね。

いいお手本の爺ちゃん、政吉船頭を見倣って修業しなさい」

澄乃に懇々《こんこん》と言われた磯次はしばし無言で考えていたが、

「ああ、そうする。けどよ、今度の一件だけは最後まで手伝っていいよな。爺ちゃんに言われてさ、四郎兵衛様の許しも得てんだよ」

「そうね、政吉船頭が歩いてきた同じ道を進むのなら、若いうちに会所の仕事を見ておくのもいいことかもしれないわね。おふたりがお許しになっているものを私があれこれ言う立場にないもの」

と言うところに番方の仙右衛門が表から会所に入ってきた。

「番方が来たって四郎兵衛様に伝えに奥に行ってこようか」

「おお、見習船頭は半端に機転が利くな」

「番方、褒めたんじゃねえよな」

「ああ、褒めてねえ。第一、奥に行っても四郎兵衛様はいなさらないぜ」

「だって、つい最前奥へ入っていかれたばかりだぜ」

「だからよ、今はいなさらないんだ。分かったか、半端もん」

「ふへっ、番方に怒鳴られたよ」

と磯次が嬉しそうに言った。

「おい、澄乃、磯次になんて言ったんだ」

「番方、見習船頭の磯次さんに忠言なんてできません。なにしろ牡丹屋の政吉さんが爺様ですもの」

「だな、まさかおまえ、猪牙より廓がいいなんて言い出さないでくれよ。政吉の父つぁんにおれが怒鳴られるからよ」

「番方も澄乃さんと同じことを言いやがる」

「なに、澄乃にも言われたのか。磯次、おめえ、たしか十五だったよな、色気づいたってわけはないよな」

「番方、十五で色気づいちゃ悪いか。番方はたしか廓で生まれたんだよな。生まれたときからよ、色気づいてなんてなかったよな」

「ふーん、半端もんがあれこれ言いやがるぜ、十五な、危ない年ごろだな、色気づいても不思議はないか」

「そう決めつけないでくんな。おりゃさ、四郎兵衛様と爺ちゃんにこんどの騒ぎが決着つくまで手伝っていいって言われてんだ。これからよ、八代目にぴったりと従うぜ。いいだろ、番方」

「さすがに政吉船頭の孫だな、ああ言えばこう言う、強《したた》かだな」

「あ、今ごろ気づいたか。で、この次、四郎兵衛様の御用ではどこへ行くんだ」

「今晩は、もはや四郎兵衛様は仕事はなしだな」

「えっ、柘榴の家にお帰りか」

「それはどうだかな」

「ならば番方と話し合ってよ、おれの用を決めようか」

「だからさ、四郎兵衛様の務めは終わり、今は神守幹次郎様の仕事を果たしておられるのではないか」

「あら、番方、八代目は神守幹次郎様に役替えして廓の見廻りなの」

と澄乃も驚いて訊き直し、

「蜘蛛道で見かけた深編笠の侍は、神守幹次郎様だな」

と番方が言い、

「しまった、一緒に出ればよかったな」

と磯次が声を上げた。

そのとき、神守幹次郎は蜘蛛道から天女池に出ていた。

五丁町が、不景気の中にも一番の活況を呈《てい》する刻限だ。一方、蜘蛛道の住人もそれぞれの仕事や夕餉の仕度などで多忙だった。そんなわけで天女池にはだれもいないように思えた。

深編笠を被った幹次郎は野地蔵の前へと歩を進めた。

だれかに見られていると思えた。だが、幹次郎は気づかぬ体で三浦屋の振袖新造の桜季が結城《ゆうき》から江戸に来た際に、桜季の祖父が負ってきた小さな野地蔵の前で深編笠を取った。

そより、と幹次郎の背後にある桜の木が戦《そよ》いだ。

なんと老桜の幹に同化したように潜んでいた者がいた。迂闊《うかつ》だったか。手にしていた深編笠を野地蔵の傍らに置き、腰の一剣津田近江守助直を外すと深編笠の上に載せ、両手を合わせた。

「神守幹次郎はんやな」

甲高《かんだか》い京訛りの女の声が幹次郎の背に問うた。

「いかにも神守幹次郎でござる」

「八代目頭取と二役をこなしおすか。厄介な生き方とちゃいますの」

「厄介な生き方を強いる方々がおられますでな、やむを得ずかような生き方をしておる。そなた、神守幹次郎に御用か、それとも八代目四郎兵衛に用ありか」

「どちらとも言えへんわ。まあ、彼岸《ひがん》に旅立つ折り、実の名であっても仮の名であっても大した違いはおへん」

女と思える声は淡々として太々しかった。

「そなた、京のお人じゃないな」

「としたらどないどす」

ふたりの対面は蜘蛛道の住人が見たら、浪人者が独り野地蔵の前で手を合わせているとしか思えまい、と幹次郎は思った。

「あんたはん、京の祇園にもうひとつの顔を持ってはるな」

「ようご存じかな。いかにも祇園七人衆の旦那のひとりでな。この役目もまたそれがしが望んだものではない。それも承知であろう」

と幹次郎は正直に女の問いに応じた。

「知ってます」

「さあて、今宵の用件を聞かせてもらおうか」

「裏同心、うちに背を向けはったんがあんたはんの間違いの因《もと》や、死んでもらいましょ」

「名はいくつあっても命はひとつでな、そう易々《やすやす》と取られとうはないが」

「もはや遅うおす」
そよりとした殺気が老桜のもとから野地蔵の前にしゃがむ神守幹次郎に襲いかかってきたのと、
ワンワン
と吠える遠助の声がしたのが同時だった。
幹次郎の背を襲おうとした殺気が一瞬揺れた、ぶれた。
幹次郎は横手に転がりながら津田近江守助直を手に取った。その直後、
ひゅっ
という音がして、円形の刃物が野地蔵の傍らの深編笠を掠《かす》め、幹次郎の先ほどまでいた虚空に襲いかかりどこかに飛んでいった。
「未練がましい人やわ、次のときまで命預けておきます」
という声とともに女の気配は天女池から消えた。
ふっ
と息を吐く幹次郎のところに澄乃と磯次、それに遠助が小走りにやってきた。
「遠助、そなたのお陰で、神守幹次郎、生き長らえたわ」
と幹次郎が老犬ののどを優しく撫でてやった。遠助が身をくねらせて甘えた。

「四郎兵衛様よ、いや、違ったな。吉原会所の裏同心の旦那でしたな。だれです、あの黒子《くろこ》衣装の女は」

と磯次が訊いた。

「さあてな、名乗りはしなかったな」

「三島屋に雇われた殺し屋でしょうか」

「それがしが京にいたことを承知しておったが、なんとも言えぬな。磯次は、四郎兵衛様に会所にて新たな用事はないと言われたのではないのかな」

「おお、そうよ。だけどさ、なんとなくおれの勘働きでよ、澄乃さんに見廻りにいかないかと願ったんだよ。そのお陰で神守の旦那は命が助かったんだぜ」

「磯次に礼を述べねばならぬか」

「そんなことはいいさ、おりゃ、驚いたぜ。廓の中にこんな池があるんだな」

「磯次も知らぬことがあるか」

「おおさ、大川や本所・深川《ふかがわ》の堀のことはことごとく承知だが、牡丹屋と関わりが深い吉原遊廓の中にさ、池があるなんて知らなかったな。澄乃さんにいい場所を見せてやると言われてさ、狭い路地を伝ってきた先に池があってさ、神守幹次郎様が奇妙な女に殺されかけるのを見てよ、吉原は奥が深いと思ったぜ」

政吉船頭の孫は爺様に育てられたか、十五歳にして物知り、言葉遣いは大人並みだが、いささか雑駁《ざっぱく》なところが欠点だな、と幹次郎は思った。

「いいか、神守の旦那よ、見廻りの折りはこの磯次か、遠助か、そうだ、澄乃姉ちゃんを連れていかなきゃあダメじゃないか。また黒子女が出かねねえからよ」

「いかにもさようじゃな。四郎兵衛様は磯次に、この騒動には最後まで付き合ってよいと申されたのだな」

「だってよ、おれの目の前の当人がそう言ったじゃないか」

「それがし、神守幹次郎と申してな、吉原会所の裏同心と呼ばれる、まあ、用心棒に過ぎぬ。さようなことを申した覚えはござらぬ」

「うーむ、ひとりで二役というのを相手にするのはややこしいな。まあ、いいや、こたびの騒ぎを片づけたらよ、おりゃ、牡丹屋の爺ちゃんの見習船頭に戻るぜ」

と言い切った。

「よし、見廻りだ。どこへ行くよ、澄乃姉ちゃん」

磯次の言葉に澄乃が笑い出し、

「吉原会所の裏同心に女裏同心、さらに見習船頭、そして遠助と、ぞろぞろと随《ずい》身《じん》が従うか」

と幹次郎はなんとも複雑極まりない気分に落ちた。

遠助が先頭に立ち、黒子女の飛び道具に掠め切られた深編笠を被った幹次郎が続き、磯次、最後に澄乃が従う見廻り組は、西河岸に向かって進んだ。西河岸に入る前に澄乃が、

「磯次さん、吉原に切見世があるのを承知している」

と小声で尋ねた。

「切見世か、チョンの間でよ、百文ぽっきりの見世だよな」

「だれから仕入れたの。そんな話」

「だからよ、おりゃ、見習船頭だぜ、吉原でいえば禿か、振袖新造だよな。みんな、客と爺ちゃんの問答から学んだのよ」

禿を見習船頭の自分と並べるところが磯次らしいと澄乃は思った。

「分かったわ。いいこと、磯次さん、西河岸に入ったらひと言も口を利かないでね。どんなところであれ、女郎衆は必死に生きていなさるんだからね。何をされても我慢なさい」

しばし間があって磯次が、分かった、と答えた。

「おい、遠助、客を連れてきたかえ。なんだ、神守の旦那じゃないか」

「客ではのうてすまぬな」

「騒ぎが鎮まったと思ったら、また新たな騒ぎが降りかかっているってね、それで神守の旦那も供連れかえ」

と切見世の女郎のます美《み》が言った。西河岸に落ちてきて五年ほど過ぎていた。

「うむ、旦那の後ろは、えらく若い男衆だな、あそこに毛が生え揃っているか」

とます美が白塗りの手を差し出して磯次の手を取った。びくっ、とした磯次が手を引きかけたが、後ろにいる澄乃が磯次の肩に手を置いて、磯次の動きが止まった。

「お、おれ、チンコロに、り、立派に毛が生えていらあ」

「そうかえ、百文持ってな、このます美のもとに訪ねてきな」

とます美に言われた磯次ががくがくと頷いた。

遠助がのろのろと進むと、

「えらいご一行が西河岸にやってきたよ。神守の旦那、八代目四郎兵衛様よりこっちが気楽じゃないかえ」

「花魁道中じゃないね、裏同心道中も西河岸になると粋に見えないかえ」

とかいろいろと声がかかり、

「澄乃さんよ、なんとか言いな」

「あい、有難くありんす」

と澄乃が答えた。

京町一丁目に出た一行の中で磯次が無言を続けていたが、

「澄乃姉ちゃん、おりゃ、何も知らないがきだな」

とぽつんと言った。

「爺ちゃんのもとに帰りたいの」

「ああ、だけど、騒ぎに決着をつけないで途中で放り出すのはよくないだろ。おりゃ、廓がどんなところか、しっかりと見ていくぜ」

と己に言い聞かせるように言った。

「あら、遠助じゃない」

大籬の中から桜季が格子に寄ってきて、

「あら、澄乃さんも神守様もいるのね」

と澄乃に囁いた。

磯次は西河岸での表情とは違って、桜季にじいっ、と見入っていた。

「西河岸を見廻ってきたの、桜季さん」

「そう、皆さん、元気だった」

と桜季が小声で応じて磯次を見た。

三

水道尻の火の番小屋に遠助を案内方にした一行が現われ、腰高障子を開いた。

すると新之助が吹き矢の稽古をしていた。壁にかかった的の中央に三本の矢が刺さっていた。

「おや、今宵は神守幹次郎様の火の番小屋訪《おとな》いですかえ。それも大勢のお供連れときた」

と言う新之助に、

「私たち、西河岸で裏同心道中をしてきたのよ。切見世の女郎衆も大喜びよ」

と澄乃が応じて、

「そりゃ見たかったたな。うーむ、この若い衆は牡丹屋の政吉船頭の見習じゃないか」

「仰る通り政吉船頭の孫の磯次さんよ」

「おや、見習は政吉父つぁんの孫かえ。なんだか、緊張していないか」

「そう、分かる。西河岸の切見世の女郎衆に圧倒されて十五歳の磯次さんは言葉を失っているの。新之助さんも覚えがない」

「あるある、五丁町しか知らない客はさ、切見世に最初に入ったとき、驚きでどうしていいか分からないからな。十五で切見世を知った江戸っ子はそうはいないぜ。磯次もそんな気分か」

「ああ、あの界隈のなんともいえない臭《にお》いとさ、女郎衆が差し出す手には、もう何も言えなくてさ。澄乃姉ちゃんに、西河岸に入ったら一言も口を利いてはいけませんん、何をされても我慢しろと言われていたんだけど、すっかり忘れちゃってよ」

「その気持ち、男ならよく分かるぜ」

「新之助さん、男だけではないのよ。私もさっきの振新も承知ですよ」

「えっ、振袖新造も切見世に入れるのか」

「ああ、そこへいなさる神守幹次郎様の命でね、何月もあの狭い切見世の中で耐えていなさったのよ」

「なんで、どうして」

「磯次さん、それが知りたければいつの日か当人に訊きなさい」

「当人ってだれだよ、そんな振袖新造、知らないぜ」

「知っているわよ、最前三浦屋さんの籬の前で会ったでしょ」

「まさか桜季さんが切見世の暮らしを承知なのか。だって三浦屋の振袖新造の桜季、売れっ子だよな、三浦屋が切見世勤めなんて許すもんか」

と磯次が言い募った。

「御免色里は奥が深いであろう、磯次。そなたが望むならば、西河岸でも羅生門河岸でも口を利いてやろう。ともかくだ、売れっ子の振袖新造は西河岸にて生まれ変わったんだ」

「か、神守の旦那、そ、そいつはまだいいや」

「そうだな、爺様が許されまいな」

幹次郎の問いに磯次ががくがくと頷いた。

「新之助さん、京二の豊遊楼に妙な女がいない、女郎衆じゃないわ。黒子姿でね、奇妙な飛び道具を使うの。最前、天女池で神守様が襲われたのよ」

と澄乃が話柄を変えた。

「うっかりし、背をあの女に見せてしまったのだ。遠助に助けられたわ」

と幹次郎が経緯を話した。

「うう〜ん、おれさ、澄乃さんに言われて豊遊楼の主や遊女衆を調べたけど、妙な女武芸者には気づかなかったな。神守様よ、ここんとこ、楼にな、禿や振袖新造ばかり大勢入ってきたそうだぜ」

新之助の言葉に澄乃が返事をした。

「それよ、番方に訊いたけど会所には届けがないというの。禿や振新が京二の豊遊楼に急に増えたのは本所松坂町の鬼の五郎蔵が関わっていると思わない」

「そうか、素人衆上がりか、三左衛門、本性を出したかね」

そんな澄乃と新之助の問答を黙って幹次郎は聞いていた。

「よし、おれの話は調べ直しだ。寿楽楼のころからいた元々の女郎衆は段々と少なくなったもんな。五丁町の大籬の遊女をどこぞに鞍替えさせてよ、深川辺りの女郎に代えたほうが三左衛門の実入りはいいしな」

新之助が言い、澄乃も頷き返して調べ直すことになった。

「ならば、磯次、われらも京二をぶらぶらしようか」

と火の番小屋から二手に分かれることになった。

遠助は澄乃と新之助組に従った。

「神守の旦那、やっぱり廓は五丁町が華やかでいいな、いい香りが格子の中から漂ってくるもんな」

と磯次が満足げに言った。

「十五の子どもが言う言葉ではないな。そなたを廓に入れてよかったのか悪かったのか、四郎兵衛様は判断に迷っておられよう」

と幹次郎が言い、豊遊楼の前を通りかかった。

どこの楼よりも人だかりがしていた。籬の中から煙管が突き出される数が多かった。

「神守の旦那よ、五丁町の楼にしてはなんとなく安っぽくないか」

「地獄と極楽を見た十五のお孫様の言うことは違うな」

と幹次郎が苦笑いした。

すると籬の中から幹次郎に向かって煙管が差し出された。

深編笠越しに覗くと寿楽楼のころからいる番頭《ばんとう》新造のてる乃《の》だ。

幹次郎はすっと近づき、煙管を受けた。

「裏同心の神守の旦那だね、汀女先生の亭主でもある」

煙管を一服吸った幹次郎に、

「楼の奥に得体の知れない輩がいるよ、ここは御免色里の吉原と違うのかね」

とてる乃が蓮《はす》っ葉《ぱ》な小声で質した。

「いかにも御免色里だが、また妙な手合いが楼を買ったようだな」

「呑気《のんき》なことを言っていていいのかえ。八代目の頭取の名が泣くよ」

「いかにもさよう。手を打とうにも主の考えが分からぬでな。そうでなくとも昨今は客の入りが少ない。なにやらこの楼だけが流行《はや》っておるようだ」

「吸いつけ煙草に誘《おび》き寄せられて楼に上がると財布をすってんてんにさせられる寸法ですよ」

「さようか、それにしては会所に文句が上がってこぬな」

「そりゃそうさ、さんざ得体の知れない連中から脅されて大門を出るまで見張られているんだもの。わちきも客を取れ取れ、とさんざ言われているんだからね」

「悪いな、花魁。それがし、野暮浪人は子ども連れで財布の中身は空《から》っけつだ、上がろうにも上がれぬでな」

「そのおがき様は、旦那の倅かえ」

「ああ、若いうちから御免色里が知りたいと申してな。子連れではな。またにしよう、花魁」

「花魁の安売りでありんすか、わちきは番頭新造のてる乃にありんす」

と言うてる乃に煙管を戻した。

すいっ
と籬から離れながら、

「野暮浪人め、銭もなく子連れで五丁町をぶらついてますよ。御免色里もないものだ」

とわざと大きな声でぼやきながら奥へ下がっていった。

深編笠を傾けつつ、京二の通りに戻る幹次郎をいずこかから見張る眼があった。

「もう一度地獄に戻るか、磯次」

「えっ、西河岸に戻るというのか。おりゃ、このまんま表通りの五丁町がいいな」

「それでは見廻りになりますまい。こたびは羅生門河岸に向かいます」

と神守幹次郎が磯次に言い、ぶらりぶらりと京二の奥へと進んだ。

うっ、と磯次が小さな呻《うめ》きを漏らし、幹次郎はそんな磯次を従えて、羅生門河岸に入っていった。

「浪人さん、遊んでおいでよ」

と無双窓から手が伸びてきて、手を摑もうとした女郎が、

「なんだえ、子ども連れかえ」

と驚きの声を漏らした。

幹次郎が妙な飛び道具に掠め裂かれた深編笠を上げた。すると、

「驚いた、会所の裏同心かえ」

とまた驚きの声が上がって、

「おまえさん、八代目の四郎兵衛になったと聞いたが、ありゃ、嘘かえ」

「八代目に就いたはいいが、もうひと役、裏同心の務めを果たさねばならないそうな。七代目のような貫禄はないな」

と幹次郎が答えた。

「呆れたよ、会所の頭取と裏同心の二役だって、まるで安もんの宮芝居だね。そんでこんなひねた隠し子がいたのかえ」

と名も知らぬ女郎がけたたましい笑い声を上げた。

「いかにも在所廻りの役者でござる」

と言い残した幹次郎と無言を続ける磯次が羅生門河岸を奥へと進んだ。

角町に向かうところは黒い靄《もや》に包まれていた。

「磯次、それがしから少し離れて座っておれ」

と幹次郎は険《けわ》しい声で同行者に命じた。

助直の柄《つか》に左手をかけ、右足を斜め前に出して腰を沈めた。

黒い靄が幹次郎を包み込むように襲いかかってきた。

幹次郎は両眼を瞑《つむ》ると、神経を集中して靄の実体がどこにあるかを探った。

幹次郎の正面から殺気が押し寄せてきた。

次の瞬間、右手が靄を払い、刀を抜き打っていた。

殺気と刃が靄の中で交差して、寸毫《すんごう》早く幹次郎の刃が相手の体に深々と斬り込んでいた。が、いつもの手応えがなかった。

「きええっ」

甲高い女の悲鳴が響き渡り、靄が掻き消えていった。すると角町と切見世の交差する小さな明地《あきち》に黒子女が横たわって悶絶《もんぜつ》していた。そこへ気配を嗅ぎつけたか、吉原会所の小頭の長吉らが姿を見せた。

「八代目、いや、違った。神守様よ、この女、何者だえ」

「豊遊楼の用心棒のひとり、異人女と見た。どうするな、小頭」

ちらりと辺りを見た長吉が、

「羅生門河岸に空見世《あき》はねえか」

と若い衆の金次に訊いた。

「小頭、待ってくんな。伏見町に向かったほうに一軒空きがあったはずだ」

と金次が駆け出していった。そして、十五、六間（約二十七〜二十九メートル）先の切見世の前で手を振った。

「当分あの空見世に隠しておきましょうか。豊遊楼がどういう絵図面を描いているか知らねえが、しばらくこの女の生き死には秘めておきませんか、神守様」

「よかろう」

と幹次郎が応じ、小頭と宗吉は女の手を摑んでずるずると羅生門河岸を引きずっていった。

「なんだよ、小頭、宗吉よ。その女、切見世女郎か」

と切見世の一軒から声がかかったが、

「おい、羅生門河岸で起こったことは、見なかったことが習わしだぜ」

宗吉が答え、

「ちえっ、宗吉め、一丁前の口を利くようになったよ」

とぼやく声がした。たしかに西河岸や羅生門河岸のどぶ板で起こったことは、吉原会所の者以外、だれもが口を出さない、思い出さないのが習わしだった。

その光景を見ていた磯次が、

「なかなか手早いな」

と感嘆しながら幹次郎を見ると、血振りをした助直を鞘に納めていた。

「さすがだな、裏同心の腕前はよ」

「褒めておるのか」

「おお、そうともよ。おりゃ、黒い靄が神守様の身を包んだとき、やられたと思ったぜ。あんな女のひとりやふたり、大したことはないか」

「いや、いささか手応えがないでな、あの女武芸者、それがしに斬られて死んだとも思えぬ」

「だってよ、神守様があいつの胴を斬り込んだ傷を見たぜ。あんな傷を負わされて生きているわけもないぜ」

「であろうか」

と幹次郎が言ったとき、空見世に放り込んだ黒子衣装の女を片づけましたぜ、といった仕草で金次が幹次郎らに合図した。

「ほらね、事が終わったんだよ」

と磯次が金次を指した。

そのとき、鞘の中で助直がカタカタと鳴った。

「小頭、宗吉、金次、その場を離れよ」

と幹次郎が三人に命じた。

「うむ」

という感じで幹次郎を振り返った長吉に、

「小頭、急ぎ離れよ」

と大声で叫ぶと長吉ら三人が幹次郎のもとへとどぶ板を踏んで走ってきた。

その瞬間、黒子衣装の亡骸《なきがら》を運び込んだ切見世の無双窓の戸が飛び散り、黒い靄がそこから吹き出してきた。

長吉らは靄に追われるように幹次郎のもとに走りきた。

幹次郎は鞘に納めた助直を抜くと、右の肩に担ぐように構えた。

示現流《じげんりゅう》で呼ばれる右蜻蛉《みぎとんぼ》の構えだ。

「角町に走り込め」

との幹次郎の命に、三人が羅生門河岸から角町へと飛び込んだ。

黒い靄は、助直を構える幹次郎に向かって地平から虚空《こくう》に抜ける竜巻《たつまき》のように襲いかかった。

「きえっ」

と猿叫《えんきょう》を発した幹次郎の体が、黒い竜巻といっしょに垂直に飛翔し、右蜻蛉から助直が振り下ろされ、靄がかき消えた。

ふわりと軽やかな音を立てた幹次郎の体が羅生門河岸と角町の間の明地に下り立った。

「な、なにがあったんだよ、神守様よ」

と磯次が喚《わめ》き、角町から戻ってきた長吉ら三人も茫然とした顔つきで幹次郎を窺った。

「あの女、死んではいなかった」

「どういうことです、神守様」

「小頭、そうとしか考えられぬ。あの切見世に行ってみようか。間違いなくあの女の骸はあるまい」

「あの女、妖術遣《ようじゅつづか》いですかえ」

「かもしれぬな」

抜身の助直を下げた幹次郎を先頭に、五人が一旦女の骸を運び込んだ切見世の前に立った。

訝しいのは、羅生門河岸の切見世が静寂を保っていることだ。

この刻限、切見世には女郎がいて、半分ほどは客が上がっているはずだった。にもかかわらず森閑《しんかん》として騒ぎに気づいている風もない。振り返った幹次郎の、

「どこでもよい、切見世を開けてみよ」

との言葉に、長吉が手近の切見世の戸を開けた。すると有明《ありあけ》行灯の微かな灯りのもとで客と女郎が抱き合って眠っていた。

「おい、どうしたえ」

と長吉が声をかけた。

「えっ、どうしやしゃんした、ぬし様」

「おい、ぬし様じゃねえよ。客は一ト切百文だぜ。客と抱き合って眠り込んでいていいのか」

と長吉が喚くと、

「えっ、ど、どうしたんだい。嫌だ、この客、熟睡しているよ。起きな、もう一ト切は終わったよ」

と客を起こすと、職人風の男が、

「遊びはどうなったよ」

「もう終わったんだよ、百文払いな、それとも直してくれるか」

と延長を請求した。

宗吉と金次が次々に戸を開け放った羅生門河岸切見世二十八軒は、どこもが同じ様子で商いどころではなかった。

幹次郎はそのとき、あの女の骸を放り込んだ羅生門河岸唯一の空見世の前に立っていた。ここだけ戸が開かれており、長吉らが一時隠したはずの骸はなかった。

「神守の旦那、一体全体どういうこってす。あの女の妖術で羅生門河岸の切見世すべてが眠り込んでいたのかね。わっしらだけがどぶ板の上を走り回らされたってわけだ」

「小頭、そのようだな」

と幹次郎が手にしていた助直の刃を灯りの点った羅生門河岸で確かめると、血振りをして鞘に納めたはずの刀のどこにも血や臭いは残っていなかった。

「どうやら京二の豊遊楼には得体の知れぬ者たちがおるようだ。豊遊楼を確かめてみようか」

との幹次郎の言葉に長吉、宗吉、金次と磯次の五人は、京町二丁目の大籬豊遊楼に行った。すると豊遊楼の前に澄乃と新之助、そして、遠助がいて、老犬だけがえらく興奮していた。

「澄乃、何があったな」

との幹次郎の問いに澄乃が振り向き、顔を横に振った。

「神守様、私が訊きとうございます。つい最前まで賑やかに商いを続けていた豊遊楼に黒い靄が降りかかり、遠助がワンワンと吠えた途端に、豊遊楼の前に素見たちがだれひとりいなくなり、私ども、何が起こったのか分かりません。訝しい妓楼です」

「豊遊楼の主三左衛門は外海で海賊商いをなす者というでな、異国渡来の妖術を身につけた女妖術師の仕業かもしれぬ。その女、羅生門河岸でそれがしに襲いかかったゆえ、強かに斬りつけ、いったんは骸に見えたものを小頭らが空見世に放り込んでおいたのだ。ところが死んだと思うた女は死んではおらぬ、骸も消えた。この妓楼に逃げ帰ってきおったとみえる」

と説明する幹次郎に澄乃と新之助が訝しい顔を見せた。

「どうしますかえ」

と長吉が問うた。

「妖術遣いにまともに立ち合ってもそれがしの技は役に立たぬとみた。会所に戻り、遠助ともども次なる立ち合いの技を考えようか」

と応じた幹次郎は、

「遠助、よう働いたな」

と話しかけると仲之町へと歩いていった。

四

幹次郎と遠助が吉原会所の裏口の敷居を跨いだときより一刻ほど前、柘榴の家。離れ家に吉原見番の小吉親方、芸者のあや助《すけ》、幇間の三十郎《さんじゅうろう》の三人が招かれており、加門麻と汀女とが応対した。そして、おあきに案内されて最後になんと、吉原から落籍されて何年も経つ、清搔の名手名人と評されたおまんが三味線を携えて姿を見せた。

驚いたのは吉原見番の三人だった。

「おまんさん、久しぶりです」

と芸者のあや助が呼びかけ、小吉も、

「わっしはこちらとおまんさんとに付き合いがあるなんて知りませんでしたわ」

と驚きの声を上げた。

おまんがゆっくりと加門麻に示された席につくと、

「ご一統様、お久しぶりです。私、汀女先生とは知り合いにございました。されど、柘榴の家に招かれたのは初めてです」

と丁寧な言葉遣いで応じた。

「えっ、わっしらといっしょ、初めてですか」

と小吉が離れ家の女主、加門麻を見た。

「ええ、親方、皆々様、廓の外まで呼び出してすまないことでした。ただ今廓内では新たな厄介が生じているとのことで、この家にお招きしました」

「さあて、薄墨様、いいえ、私はこうお呼びさせていただきとうございます。薄墨太夫のいなくなった吉原は、一時大門の屋根にぺんぺん草でも生えるんじゃないかと思いましたよ。太夫のおられた吉原のあの賑わいにはもはや戻りますまい」

とただ今の見番の中で一番三味線の達者なあや助が嘆息した。

「恐縮です、あや助さん。それにしても柘榴の家にあや助さん、三十郎さん、そして、おまんさんが顔を揃えられた、ぞくぞくするほど加門麻は嬉しゅうございます」

　と麻が言い切り、汀女を見た。

「ご一統様、多忙のみぎり、お呼び立て致しましたには曰くがございます」

「汀女先生、そなたのご亭主が吉原会所の八代目頭取に就かれたことに関わりがあるのではありませんか」

「小吉親方、いかにもさようです。吉原から謹慎を命じられ、この一年余、蟄居していたかと思うたら、こんどは八代目就任とは、古女房の私が一番驚きました」

「汀女先生、神守幹次郎様の謹慎蟄居の真実は、八代目になるためのお膳立てと聞いていますがな」

　と幇間の三十郎が汀女と麻を交互に見ながら尋ねた。

「はい、どうもさようなことであったようですが、もはや昔話を繰り返しても今宵の集いの曰くが分かりにくくなるばかり、麻、そなたから説明しなされ」

　と姉の貫禄で本論に入るように妹に命じた。

「義兄の神守幹次郎と私、江戸ではどう噂されていたか知りませぬが、京へ向かい、この一年余、花街の祇園に逗留しておりました」

「やっぱりさようか、わっしもつい最近そんな話を聞きました。なんで神守幹次郎様と麻様が京へ行ったかな」

「親方、亡くなられた七代目頭取と三浦屋の先代とが話し合われ、ゆくゆくは神守幹次郎を八代目に就けようと考えられた、ところが吉原者ではない神守幹次郎の八代目の就任には五丁町の名主方のうち何人かは反対されたのです。そこで七代目と三浦屋の先代がしばし時を置こうと、神守幹次郎のあらぬ失態を理由に一年間の『謹慎』を命じられたのです。

この界隈では禅寺に謹慎修行という噂が流れましたそうな。その実、義兄とこの加門麻は、京の花街に修業のためにと、行くことを許されたんです」

「謹慎蟄居が京での修業でしたか、それはふたりしてお大変なことでしたな」

と小吉が応じた。

「親方、義兄は祇園感神院、八坂《やさか》はんと京の人々が呼ばはる社の神輿蔵に住まいして、うちは祇園の茶屋一力に住込み奉公を致しました。けどな、千年の都で、たった一年ではとても修業しましたとは言えへんやろ。

京の方々は、うちらふたりをよう受け入れてくれはりました。格別に祇園はんの祭礼、祇園会《ぎおんえ》を間近で見せてもろうたんは、貴重な体験どした。とはいえ正直申して、大変な一年やったわ」

と習い覚えた京訛りを交えながら縷々《るる》説明した麻がしばらく間を置いた。

「本日は京の過ぎし日々を聞いてもらうためにご一統さんに集まってもらったんとは違います。向後百年、吉原がどないして生き長らえるか、ご一統さんのお力をお借りしたいと思いましたんや」

「なんやら大変な場に呼ばれたようですね」

とおまんが発言した。

「はい、おまんさん、ただ今の吉原も先行きが大変やろうけど、京の花街も吉原以上の難儀に見舞われておりましたんや。

その手助けを義兄の神守幹次郎がしたこともあり、祇園の花街を主導しておられる旦那衆と昵懇の関わりができましたんどす。

義兄は、千年の都といわれる祇園の旦那衆と時の許されるかぎり話し合《お》うてきました。長い話になりますさかい、この辺りの話は今後折々に聞いてもらいましょ。代わりに結論から申し上げます。

京と江戸の花街色町が手を握り合って、互いの町を甦《よみがえ》らそうやないかという話になりましたんや。そこで祇園七人衆の旦那《だん》はんのひとりに義兄神守幹次郎が就きはったんどす。七代目の四郎兵衛様と五丁町の総名主の三浦屋四郎左衛門様の全面委託での京行きということで、義兄上《あにうえ》は、江戸には断らんと祇園七人衆の旦那はんに就かはりました。そこで話し合われたんは、最前から申し上げてます京と江戸の助け合いどす。

私、加門麻はかような旦那衆との話し合いの前に、芸妓舞妓はん方と二都の芸を交流させる試しをしましたんや」

「薄墨太夫、京の芸妓衆の技は江戸のそれとは違っておりましょうな」

とあや助が問うた。

「えろう違うていましたえ。けどな、あや助さん、芸風は違うても、芸妓衆の芸に対する気持ちは、変わらしまへん、江戸の芸者はんといっしょどした」

と答えた麻の視線がおまんに向かい、

「おまんさん、清搔を聴かせてもらえまへんやろか。江戸に戻ってな、六郷《ろくごう》様の下屋敷から聴こえてきたおまんさんの清搔に聴き惚れてしまいましてな、うちは京で試したことが、ひょっとしたらうまくできるんやないかと思わされましたんや」

「私は、本荘《ほんじょう》藩の下屋敷に時折りお邪魔して、前の殿様の政林《まさしげ》様のために爪弾いていた清掻がさように聴かれているとは存じませんでした、なんということやろ」

とおまんが言った。

「おまんさん、京におるとき、おまんさんの清掻をふと思い出したことがおました。そんで京でも素人が大胆にもいたずらをしましたんや」

「いたずら、ですか。なんですね、麻様」

なんとなく意図を察したようにおまんが質した。

「はい、京で試したいたずらをこの家で演じようと思いましたんや」

麻の視線が次の間にひっそりと置かれた琴に行った。

「吉原で全盛を誇った薄墨太夫が琴をお弾きになると聞いたことがございました。されど薄墨太夫の琴を聴いた馴染さんは滅多におりますまい」

麻がこくりと頷き、

「おまんさん、素人やよって、いたずらと言いましたえ」

加門麻の返答を聞いたおまんが無言で三味線を袋から取り出した。それを見た麻が立ち上がり、次の間の琴の前に座した。

おまんの清掻が始まった。

最初の爪弾きからその場にいた者の心を惹きつけた。

麻は両眼を瞑り、おまんの調べに聴き入っていた。

（これが江戸の粋や）

と麻は思った。

両目を開いた麻が琴の弦《げん》に触れた。

京で会得した祇園の情緒が清掻に加わった。

演者ふたりと汀女を除いた者たちの、無言ながら、

（おおっ）

という驚きがその場に流れた。

三味線と琴が江戸と京のふたつの都を結びつけ、新たな調べを創り出していた。

不意におまんの三味線が得意中の得意、「四季の移ろい」に変わると、麻の琴もまた調べを変えた。

時が経つのを演者も聴く側も忘れた。

濃密な永久が胸に響いていつまでも続き、不意に終わった。

だれもが無言だった。

長い沈黙の刻が流れて、

「分かりましたわ、加門麻様の考えられたことが。京の芸妓さんや三味線弾きを吉原に招かれますな」

と不意に小吉が言った。

「はい。吉原に芸妓衆を招いた次の年には江戸の芸者衆が京に呼ばれて京の芸事を学びます。そうして京と江戸の花街と色里がお互いに学び、学ばれしますんや」

「薄墨太夫、面白い企てです。私も京に行きとうございます」

とあや助が応じた。

「そのために神守幹次郎こと吉原会所八代目の四郎兵衛と加門麻の京逗留がありましたんや。どないどす、うちらの考え」

麻の視線がおまんに向けられた。

「私もその仲間に加えていただけますか、お麻様」

「おまんさんをお呼びしないとなると、この加門麻、六郷の殿様にきついお叱りを受けましょう」

と麻が即答した。

「一芸に秀でた人は、三味線に、琴に想いを自在に乗せますな」

と幇間の三十郎が思わず呟いた。

一方、吉原会所の奥座敷には身代わりの左吉の姿があった。

「八代目、佃島の漁師方に会いましたぞ。京町二丁目の寿楽楼の番頭だった砂五郎さんが会った年寄りにも話を聞きましたので。

ただ今の豊遊楼の三左衛門とその一統ですがな、並みの連中ではありませんな。佃島沖に停泊している千六百石の帆船の三島丸には、なんと大砲が何門も搭載されておりますそうな。和国の大型帆船が大砲を積んで何をなすのか、外海を行く交易帆船の不意を突いて襲い、大砲でまず身動き取れないようにして、帆船の乗組みの船頭から水夫《かこ》をすべて殺す。その上で交易品をすべて奪う。船を外海に沈める所業を繰り返してきたと、あるとき、佃島に上がってきた三島丸の若い水夫が酒に酔って思わず口を滑らしたそうです」

「まさか、その水夫」

「へえ、酒に酔った勢いで喋った代償はえらく高くつきましたそうな」

「左吉さん、やったな。あんたもあの船の仲間やないやろな、なんで関心持つんか」

と漁師のひとりが左吉の正体を訝しんだ。

この漁師が佃島の網元《あみもと》というのは言動で左吉は察することができた。そして、この網元と思しき男が漁師仲間と顔を見合わせて、左吉の扱いをどうするかを無言で話し合った。

その結論が出る前に左吉が先手を取った。

「おれかえ、おれがこの話を聞いたのは、吉原大門外の茶屋の男衆をしている砂五郎さんからだ。おれは、吉原会所にいささか関わりがありましてな、三島丸の連中が吉原の廓に手を出しています。そんなわけで八代目の四郎兵衛様に命じられて動いているってわけだ。海賊風情が吉原の妓楼の主なんて、こいつは御免色里の吉原にとってそう易々と許される話ではない。それでな、たしかめに来たんです」

「おお、砂五郎さんにうっかり喋ったのは、このわしじゃ」

と年寄りが面目なさげに言い出し、

「まさか砂五郎さんの身に何かあったんじゃなかろうな」

と懸念を示した。

「それはない、ございません。吉原会所が絶対に一味と関わるなと厳しく忠言しているんでな」

「それはよかった。あの水夫みたいに命取られたら敵《かな》わんからな」

「水夫は、やはり口を封じられましたか」

「ああ、佃島の漁師舟があそこに舫《もや》われているな」

と網元が船着場辺りを指し、

「昨日のことだ、あの辺りからわしらが漁に出ようという未明に、突然黒い靄が立ち込めやがった。その靄が消えていったと思ったら、三島丸の内情をわしらに話した若い衆が首を斬られてな、わしらの漁《いさ》り舟の一艘の舳先に括りつけられていたんじゃ。

この意はすぐにだれでも分かるわな、わしらに警告を発しておるのよ、御用聞きにも奉行所の役人にも言うなということだろう。わしら、話し合って島の墓所に水夫の骸を埋めてな、警告に従おうとしましたのよ」

左吉はしばし考え、慎重な口調で口を開いた。

「なんとな。だがよ、漁師衆、なんでこの左吉にいったん墓所に埋めたはずの秘密を告げなさった」

「ああ、そのことか、あんたはどう見ても海賊の仲間とは違う、吉原会所の関わりのお方と言ったな。となると、うちの年寄りが思わず喋った三島丸の秘密を決してあやつらに告げることはないと思ったんじゃ。

それにあの水夫、『わしら、近々吉原の妓楼の男衆になるのさ』とも漏らしたんじゃや。殺された水夫の話とあんたの話が符合《ふごう》したんでな、あんたに明かしたというわけよ。

おれたちはただの漁師じゃ、佃島沖に平然と帆を休めて、ときに阿漕《あこぎ》な海賊商いで大金を得ていることが許せなかったのよ」

と言い切った。

「おまえ様は佃島の網元さんかな」

「おお、代々網元の、白魚《しらうお》の喜右衛門《きえもん》じゃ」

「三島丸が大砲を積んでいるというのは真でしょうかな」

と左吉は念押しした。

「むろんでさ。わっしの朝は早いのよ。あるとき、三島丸が外海から戻ってくるのとすれ違ったことがある。少なくとも両舷に三門ずつ大砲を積んでますぜ。漁師は遠目が利きます、間違いない」

と喜右衛門が言い切り、頷いた左吉が、

「これから先、あの海賊船の扱いは吉原会所に託してくれませんか。こたび八代目頭取に就きなさった四郎兵衛様が佃島の衆の悪いようにはしないはずだ」

と言い切った。

「分かったぜ、左吉さん」

左吉が四郎兵衛から預かった金子から十両をお浄《きよ》め料として渡すと、喜右衛門は素直に受け取り、吉原と佃島の漁師たちの連合が成った。

左吉は、始末された水夫が口に咥《くわ》えさせられていたという異国製の刃物、ナイフを四郎兵衛の前に差し出した。

「非情な輩のようですな」

「へえ、やつらが佃島の漁師たちに手を出さないのは、水夫の命ひとつで口を封じたと思っているからでしょう」

四郎兵衛が頷いた。

「その刃物、私が預かりましょうかな」

「へえ、その心づもりでした」

と受け取った四郎兵衛がしげしげと血に汚れたナイフを見て、

「もうひとつ、左吉さんにお願いできますかな」

「むろんです」

「これから文を一通認めます、半刻ほどお待ち願えますかな」

四郎兵衛が乞い、左吉が頷いた。


四郎兵衛は、すでに老中松平定信に宛てて、こたびの一連の騒ぎの子細を書きかけていた。その上で左吉の話や廓内で起こった騒動を克明に付け足した。

松平定信が自ら動くとは思えなかった。だが、この話、寛政の改革が行き詰まっている定信にとって悪い話ではない、絶対に動くと四郎兵衛は考えていた。それも公《おおやけ》にではなく、極秘に動くと四郎兵衛は推測していた。

宛先の氏名をはっきりと、

「老中松平定信様」

と記して差出人は、神守幹次郎とした。

左吉を呼ぶと、左吉といっしょに南町奉行所定町廻り同心桑平市松が御用部屋に入ってきた。

「どうやらこたびの厄介を潰す決心をされましたか」

と畏友《いゆう》が四郎兵衛に質した。おそらく左吉から話を聞いたのであろう。

「あの手合い、一日でも長くのさばらせておくと悪しきことはあってもよきことはありますまい。そう思いましたで、かように文を書かせてもらいました。桑平さん、なんぞ付け足すことがございますかな」

「左吉さんから話を伺いました。こいつは一刻も早い行動を要しますな。それがしのほうに付け足すべき探索はございません。ですが、ことが動くときには一枚、それがしも噛ませてくれませんか」

と桑平が願った。

首肯した四郎兵衛が、

「左吉さんに届け先の屋敷がどこかなど告げる要はございませんな」

と言いながら左吉に書状を差し出した。

ちらりと宛名を見て、

「これはこれは、八代目頭取、四郎兵衛様は思い切った手を打ってこられますな」

と応じた左吉の手元を見た桑平も、

「こりゃ、それがしや左吉が関わる御用じゃねえな」

伝法《でんぽう》な口調で呟いた。

「いえ、私はそうは思いませんぞ。こたびの相手は、三島屋ならびに豊遊楼主の三左衛門と推測しておりますが、未だはっきりしませんな、海賊船の親玉なのかどうかということも。この者の配下の異人と思われる黒装束の女、一度、たしかに津田近江守助直で命を絶ったつもりですが、まんまと逃げられました。私、いえ、神守幹次郎にとっても因縁の戦い、なんとしても相手方の息の根を止めねばなりませんでな」

と四郎兵衛が言い切った。

第五章　隠れ湊の船軍

一

いつしか晩夏《ばんか》を迎えていた。

昼見世前の刻限だ。

六月は格別な紋日となく、大川端や堀端の岡場所《おかばしょ》に客を取られて御免色里の吉原は閑散としていた。そこで土用《どよう》の入りとなると、遊女たちは馴染客に暑中見舞いとして団扇を贈った。

「こんな時世ほど客に顔を思い出させなされ」

と妓楼の主や女将が遊女を督励《とくれい》した。

「おい、八代目、それがしの懐具合はすっからかんじゃぞ。なんぞ、儲け口はないか」

と面番所から大門と待合ノ辻の間を抜けて吉原会所に入り込んだ隠密廻り同心の村崎季光が喚いた。

この日、老犬の遠助の体の具合がよろしくないというので、医者の柴田相庵《しばたそうあん》の見習の北村小三郎《きたむらしょうざぶろう》を呼んで診察を受けさせていた。四郎兵衛も板の間から立ち会っていたところにいきなり村崎季光のしゃがれ声がした。

「面番所の名物同心どのか」

と四郎兵衛が応じて、

「そなたも長く面番所の同心を務めておられます、六月がどのような月がお分かりでしょう。一年十二月のうち、紋日もなくその上この暑さでは、お客人は土手八丁から衣紋坂を下って大門を潜ってくれませんでな」

「このくそ暑い最中じゃ、小金を持った客は柳橋の曖昧宿《あいまいやど》か、あるいは川向こうの本所・深川の岡場所に流れておるな。そうじゃ、三浦屋の高尾太夫は、馴染客に誘われて大川に納涼に出るそうじゃな」

「と、聞いております」

と気持ちのない村崎同心の言葉に四郎兵衛は憮然として答えた。

吉原の遊女は病以外ではふだん大門外には出られなかった。

だが、江戸も後期の寛政ともなるとその禁も緩んで、馴染客からの納涼船での蛍《ほたる》見物などの誘いには応じるようになっていた。

三浦屋の高尾太夫一行を高尾の馴染客の室町《むろまち》の京呉服問屋、やましろ屋甲右衛《こうえ》門《もん》が納涼に誘っていることを四郎兵衛も聞いていた。

むろん高尾ひとりを呼ぶわけではない。禿、振袖新造、番頭新造らを伴ってのことだ。一夕《いっせき》誘って莫大な金子が三浦屋に支払われることになる。

三浦屋の九代目に就いたばかりの四郎左衛門は、この納涼船に同行する屋根船に加門麻とおまんらを乗せて芸を披露させることをやましろ屋に願っていた。この企てが成り、今宵、大川に二艘の納涼船が浮かぶことになったのだ。

「おい、八代目、女ばかりの納涼船ではこのご時世、よからぬ考えの者どもが襲わんともかぎらんぞ。それがしが船に乗り込んで警固をしようではないか」

「ほう、名物同心どの、なかなかの知恵者でございますな。されどやましろ屋さんは遊女衆を納涼船に招いておられるのです。面番所の隠密廻り同心どのの同乗はいくらなんでも武骨過ぎる、無理でしょうな」

「無理か、八代目の力でもどうにもならぬか」

「なりませぬ」

と言い切られて村崎同心が診察を受け終えた遠助をちらりと見ると、

「会所では犬にまで医師の診察を受けさせよるか、診察代が勿体《もったい》ないぞ」

と言い残して表に出ていった。

「どうですか、北村さん」

と四郎兵衛は見習医師に問うた。

いや、四郎兵衛が遠助の診察に立ち会い、村崎同心と問答ができるのは、京二の老舗大籬豊遊楼との一件に片をつけるための最後の攻め方が見つからず、何も動けずにいることにあった。

なにしろ妓楼の主の三島屋三左衛門も幹次郎が異人と見た女妖術師も、楼を不在にして、佃島沖に停泊する三島丸の船団も姿が消えているという。

番方らも必死で一味の居場所を追っていたが、摑めなかった。おそらく外海に海賊商いに出向いているのではないかということで、帰りを待つしかなかった。

一方、老中首座松平定信は、過日の四郎兵衛の働きかけに、返書にて、

「そのほうの言い分、了解し候。予が自在に動けぬゆえ、太田資愛の指揮のもと、予の重臣富樫佐之助忠恒《とがしさのすけただつね》と連携し動かれたし」

と言ってきていた。

「四郎兵衛様、老犬に夏の疲れが出たようです。五臓《ごぞう》の疲れを取るようにと師匠から薬を預かっております。これを煎《せん》じて朝夕、服用させれば、二、三日で元気になりましょう。とはいえ、遠助はそれなりの歳ですね、夏は無理をさせないほうがよいかもしれませんね」

と北村医師が四郎兵衛に答え、澄乃に煎じ薬を与えて煎じ方を教えた。

「大したことがなくてようございましたな」

と番方が四郎兵衛に話しかけた。その言葉に頷いた四郎兵衛に、

「相変わらずの無作法は面番所の村崎同心ですな、金のことしか頭にないのだからな。あのお方には人として一片の矜持《きょうじ》はないのでしょうな」

と番方が吐き捨てた。そして、

「遠助の診察代が勿体ないとも抜かしましたぜ」

「番方、たしかに犬に人のお医師の診察を受けさせるのにはこちらも傲慢のそしりは免《まぬが》れますまい、村崎同心の考えにも一理《いちり》ございます。されど遠助はただの番犬とは違い、御免色里の警固犬です。これまでも数々の手柄を立てておりますでな、このくらい面倒をみるのは会所のかける情けとして、当然のことと思いま

す」

と言い、話の矛先《ほこさき》を転じた。

「番方、村崎同心はときによいことも申されますぞ」

「ほう、あのお方がよいことをな、言いましたかな」

「いえ、納涼船についてです。このご時世、よからぬ考えの者どもが襲わんともかぎらぬとね」

四郎兵衛の言葉に仙右衛門が、うむ、と言って黙り込んだ。長い沈黙のあと、

「三島の三左衛門一統の姿がこのところ消えておりますな。あやつらの本業が海賊商いとするならば、水の上にはめっぽう強いと考えたほうがいい。ただし、あやつらがやましろ屋様が納涼船を仕立てる話を知っていることが前提になりますな」

「豊遊楼には、何人か配下の者を残していましょう。室町の京呉服問屋やましろ屋の納涼船の話が漏れたのは数日前でしたか。豊遊楼の連中が知っているとしてもおかしくありますまい」

と四郎兵衛が答え、ふたりはしばし沈思した。口を開いたのは番方だ。

「やつらは今の段階で加門麻様やおまんが同行することを知りますまいが、万が

一にも高尾太夫一行と同時に襲われたらえらいことになります。わっしら、助船頭に化《ば》けて乗り込みましょうか」

四郎兵衛は沈黙を続けていた。会所の男衆が納涼船に乗り込むとして、ひとりかふたりまでだろう。

「番方らにはこの吉原を守ってもらいましょうかな」

「四郎兵衛様が自ら出張《でば》られますか」

「いえ、四郎兵衛は廓に残りましょう。代わりに神守幹次郎と澄乃が出張りましょう」

仙右衛門が何かを言いかけて口を噤《つぐ》んだ。

見習医師の見送りに出ていた澄乃が会所に戻ってきて、四郎兵衛と番方が険しい表情で問答するのを見たが、遠助の寝床に向かった。

「番方、今宵の納涼船を三島一統が襲うことを前提に、あの者どもの先手を取ることが大事です、やましろ屋甲右衛門様や高尾太夫、麻やおまんら一行に危害が加えられるようなことがあっては会所の体面は保てません、なんとしても無事に廓に戻ってもらわねばなりません。私が考えるに吉原会所と三島屋三左衛門との本式の戦いは、今宵ではありますまい」

四郎兵衛の頭に漠《ばく》とした考えが浮かんでいた。

「私が文を認めるによって澄乃を使いに立て、汀女に届けさせてくれませぬか。汀女を老中屋敷へ出向かせましょう」

「松平定信様の屋敷ですかえ」

「いえ、太田資愛様のお屋敷です」

「ほう、こたびの一件、掛川の殿様も関わってございますか」

過日、四郎兵衛が出した書状に対する定信の返信には、

「そなたの京以来の昵懇の老中太田資愛殿と綿密に打ち合わせて対応をせよ」

と告げてきた。同時に定信が直に太田資愛に城中にて話すとも告げていた。だが、この辺りの経緯を番方は知らなかった。

「ということです」

「なんと」

という表情を見せた番方だが、それ以上の言葉は述べなかった。

半刻後、四郎兵衛は、老中太田資愛に宛てた文を書き上げ、澄乃を呼んだ。

「この書状を汀女に届けてくれぬか」

袱紗《ふくさ》に包まれた文を受け取った澄乃が、

「汀女先生にお渡ししたのち、私、吉原会所に戻ってきましょうか。それとも汀女先生の身辺警固に就きますか」

「相手方にも汀女だけを狙う余裕はありますまい。そなた、文を届けたあと、三浦屋に立ち寄り、遊女のひとりとして納涼船に乗りませぬか。この一件、念のため、四郎兵衛の指図と言うて当代の四郎左衛門様に願《ねご》うてくだされ」

「四郎兵衛様、遊女衆のひとりに扮《ふん》しますか。白塗りの顔に紅、そしてあの衣装では万が一の折り、敏捷《びんしょう》な動きはできませぬ。牡丹屋の屋根船です、納涼船にも女衆は乗りましょう、女衆か、助船頭に扮してはなりませぬか」

「おお、そなた、薄墨の振新に扮したことがあったな、一度で懲りたか。牡丹屋の女衆か男船頭に扮するほうが気楽か」

と四郎兵衛が笑って許した。ほっとした様子の澄乃が、

「私、汀女先生の警固方で掛川藩の江戸藩邸に伺いましょうか。さすれば、老中太田様の返信があれば、汀女先生を並木町の料理茶屋に送ったあとで四郎兵衛様にお届けできますが」

「さすがは女裏同心かな、それがし、四郎兵衛と神守幹次郎の二役に気を取られて、考えがさっぱりと出てこんでな」

と四郎兵衛が嘆いた。

この日の夕刻、山谷堀の船宿牡丹屋からやましろ屋甲右衛門によって借り切られた屋根船に豪奢絢爛《けんらん》の四文字を絵に描いたような光景を見せて、妓楼三浦屋の高尾太夫一行が乗り込んだ。

「おい、おれの高尾を納涼船に誘った客がいるぜ、先を越されたよ、熊吉《くまきち》」

「宇佐《うさ》、てめえ、納涼船借り切りにいくら支払えばいいか、知っているのか。おめえの三月《みつき》分の給金でな、船宿の屋根船の借り賃にも足りめえ」

「すると、高尾のいる三浦屋に払う金はいくらだよ」

「おれっちの頭に浮かばないほどの大金だ、五両、十両じゃきかねえぞ」

「今宵は諦めた」

と吉原に向かう素見が言い合ううちに、政吉船頭が主船頭の屋根船は隅田川へと向けられた。

そんな船の艫《とも》には地味な女衆の形の澄乃が控え、そして、納涼船の華やかな遊女衆の中には、桜季ら振新の顔が見えた。

一方、納涼船を隅田川端で見送る猪牙舟には、菅笠を被った神守幹次郎が傍らに津田近江守助直を携えて乗った。舳先には助船頭が乗っていた、見習船頭の磯次だ。

「見習、猪牙を出しな」

と船頭が命じて、「へい」と磯次が畏《かしこ》まって受け、棹を使いながら上流に向かった納涼船を一丁ほど間を空けて追っていく。

その折り、川面のどこからともなく清掻の爪弾きが流れてきた。

吉原の花魁一行を借り切った納涼船は一艘だけだが、夕涼みの屋根船や猪牙舟は無数にいて、それぞれが酒食を共にして涼を楽しんでいた。

「磯次、どうだな、久しぶりに棹を手にした気持ちは」

「神守の旦那よ、やっぱり川の流れはいいよな。改めて思ったぜ」

ふっふっふふ
と笑った幹次郎が、

「磯次はやはり爺様の跡継ぎが似合いだな」

「爺ちゃんの技量になるまで十年じゃあダメかね」

磯次は吉原会所の若い衆になることを夢みるようになっていた。だが、こうやって棹を握り、隅田川の流れに出ると、自分の進むべき道を確信したようだった。

「無理じゃな」

猪牙舟でのんびりとした会話が交わされていた。

幹次郎は夕涼みの舟の群れの中に白河藩の平沼平太と老中太田資愛の家臣団を乗せた舟がいるはずだと辺りを見回したが、さすがにその者たちも納涼を装っているせいか、たしかめることはできなかった。

一段と明るい屋根船の胴の間に座すやましろ屋甲右衛門が満足げに傍らに侍《はべ》る高尾と何ごとか談笑していた。

楼の中での馴染客と花魁の座敷には禿や振袖新造に番頭新造、さらには芸者衆や幇間と大勢の者がいて、それは老舗三浦屋の仕来たりに従い、格式ばった遊びだった。

一方、流れの上の納涼船には、高尾が信頼した遊女衆だけが乗り、高塀と鉄漿溝に囲まれた廓の中とは違った開放的な光景が辺りに広がっていて、禿も振新の桜季も久しぶりに味わう「世間」を満喫していた。

牡丹屋の女衆に扮した澄乃は、酒を供する女衆の仕事を務めながら納涼船の周りの船に眼を配っていた。

だが、神守幹次郎が乗る猪牙も、三島屋の三左衛門らが乗っているかもしれぬ船も見分けがつかなかった。

「澄乃さんよね」

と近くから声がした。艫にすすっ、と両膝をついたまま忍びやかに寄ってきたのは桜季だった。

「桜季さん、気がついたのね」

「澄乃さんが牡丹屋の女衆に扮して乗っているのは何か騒ぎが起こるということ」

「この時節、用心に越したことはないでしょ。それで私が」

「澄乃さん、ひとりなの。他にお仲間はいるの」

「桜季さん、お席に戻りなされ。決して私が同乗しているなんて高尾太夫に気づかれてはなりませぬ」

澄乃の厳しい口調に頷いた桜季が自分の席に戻っていった。

納涼船は、白鬚《しらひげ》ノ渡、さらに橋場《はしば》ノ渡を越えて隅田川を遡上していた。すると辺りに納涼船の数が急に減っていった。

高尾太夫一行の乗る納涼船に涼風が吹いてきて、禿が素手で顔を扇ぎ、

「太夫、涼しゅうありんす」

と言った。

そのとき、澄乃は、隅田川から荒川と呼び名が変わる辺りの下流から二艘の早舟が納涼船に接近してくるのを見た。

「政吉船頭さん」

「合点だ、行き先を転じろって話だな」

と言いながら助船頭に合図して、櫓の操作を変えた。遡上するのではなく下流へ向けて船足を速める企てだった。

この納涼船には格別に舵《かじ》が付けられていた。澄乃が舵の棒に飛びつき、政吉と助船頭の操船に合わせた。吉原会所が山谷堀の牡丹屋に居候せざるを得なかったとき、澄乃は女衆をしていた山口巴屋から通ってこの舵の扱いを覚えていた。

屋根船に十数人の客が乗り、会食していた。その者たちに気づかれることなく納涼船は方向を転じた。

二艘の早舟は納涼船の舳先の左右から迫ってきた。

船頭らが緊張に転じた納涼船におまんの爪弾く清搔の調べが響き、そこに、加門麻の奏する琴が加わった。

「おお、この調べはおまんの三味《しゃみ》ですな」

と通人のやましろ屋甲右衛門は、調べが聴こえてくる隅田川左岸の関屋之里《せきやのさと》を見た。すると小ぶりの屋根船におまんと麻が並んで三味線と琴を奏していた。麻が京の祇園で習った調べのひとつをおまんに教えていた。京と江戸の花街と色町が手を携えた証しに、なんとも雅にして夏の宵を思わせるその「大文字《だいもんじ》の夜かぜ」が響き、流れの上に伝わってきた。

「なんとおまんの相方は、薄墨太夫ではありませんか」

と甲右衛門が高尾に感嘆の言葉をかけた。

「間違いありません、加門麻様の琴です」

と高尾も驚きの声を発した。

納涼舟の客のすべてがおまんと麻のとも弾きに聴き入った。

澄乃は舵を戻すと、ひょい、と屋根船の屋根に乗り、軽やかに舳先へと走った。舳先に立ったとき、二艘の舟が納涼船に接近し、さらにもう二艘、上流から猪牙と早舟が追尾《ついび》してきた。

この猪牙には神守幹次郎が、もう一艘の早舟には、白河藩の奥番《おくばん》平沼平太ら七人の弓方《ゆみかた》が乗り、すでに弓に矢を番《つが》えていた。

納涼船にまず二艘の早舟が突進してきて、舳先の左右から突っ込んで納涼船を停止させようとした。

その瞬間、澄乃が手にしていた鉄輪がついた麻縄が虚空を切り裂いて弧を描き、早舟二艘の舳先に立つ長柄の槍を手にした黒装束ふたりの顔を鉄輪が次々に襲って水面へと落下させた。

隅田川での船軍を考えて長さ四間半（約八・二メートル）と麻縄を工夫しており、それを今宵澄乃は実戦で使うことにした、それがまんまと当たった。

先手を取られた襲撃舟二艘の舟足が乱れる間を納涼船がすり抜けていった。

おまんと麻の「大文字の夜かぜ」に聴き入る高尾太夫の一行は、自分たちの船が不逞の輩に急襲されていたことすら感じる暇もなかった。

関屋之里の岸辺に留まっていた屋根船も納涼船の船足に合わせて隅田川を河口に向かっていく。

一方、襲撃舟二艘は、澄乃の思わぬ一撃に先手を取られ、流れに落とされた槍方ふたりを拾い上げるのに手間取った。なんとかふたりを早舟に引っ張り上げたとき、そこに一艘の猪牙舟が漕ぎ寄ってきて、

「お手前方、手助け致そうか」

と声がかけられた。

「うむ、差し出がましいわ。われら、いささか予期せぬ騒ぎで仲間ふたりが舟から落ちただけよ。さっさと去《い》ね」

「さようか、困りましたな」

「要らざる口を利くでない、とっとと立ち去れ」

「そなたら、このまま戻って三島屋の三左衛門になんと報告致しますな。正直に女ひとりにえらい目に遭わされましたなどと言えば、そなたらの立場、どうなりましょうな」

「お、おのれ、何奴《なにやつ》か」

黒衣の面々の頭分か、喚いた。

「本名か役職か、どちらをご所望《しょもう》かな」

「どっちでも構わぬ」

「本来は、吉原会所の裏同心神守幹次郎と申しましてな、そなたらと同じく用心棒の如《ごと》き仕事をしておりました。いささか事情がござって、吉原会所の八代目頭取四郎兵衛を兼ね、このところ二役を務めておりまする」

「な、なんと」

「さよう、三浦屋の高尾太夫の身に小さな傷を負わせたとしたら、それがし、腹をかっ捌《さば》いても済みますまい。お手前方の敵と申しますか、その頭分にございますよ」

幹次郎の返答に黙っていた頭分が、

「よかろう、仲間の仇を討つ」

と振り返ったとき、もう一艘の舟が眼に留まった。七人の弓方が矢を番えて構えていた。むろん老中松平定信の御番衆平沼平太と太田資愛の配下らの面々だった。

「女裏同心ひとりにお手前方の先鋒ふたりが水に落とされた折りに勝負はありましたな。今宵は見逃して差し上げます。もし三左衛門に会う勇気があれば、こう吉原会所の用心棒が申していたと伝えよ。『近々、海賊商いの三島屋の船団一行と差しの勝負がしたし。差し当たって吉原京町二丁目の妓楼、豊遊楼は会所が預かる』、これだけでこちらの意は伝わりましょう」

吉原会所と三島屋一統の前哨戦《ぜんしょうせん》は澄乃のひとり働きで終わった。

京町二丁目の豊遊楼に、妓楼の主三島屋の三左衛門と一味が帰った風には見えなかった。そのことを番小屋の新之助や澄乃から四郎兵衛は聞き知っていた。ともかく相手方の動きを見るしかない。

二

松平定信に三浦沖浦賀水道《みうらおきうらがすいどう》を望む剱崎《つるぎざき》から観音崎《かんのんざき》を通り佃島まで、江戸の内海沿いにのろし台を設置する嘆願を四郎兵衛はなした。むろん三島屋の三左衛門が大砲を搭載した帆船数隻を所有しているとの話を受けてのことだ。

外海にて交易帆船を襲い、主船頭以下の水夫の命を奪い、積み荷を強奪したあと、海賊船団がどのような刻限にいつ江戸の内海に入るのか、海賊船団の隠れ湊がどこにあるかを知るためだ。

神守幹次郎は過日松平定信とのふたりだけの内談で、公儀が安房、上総、下総、武蔵《むさし》、相模の沿岸部の防備を強化することを承知していた。すでに公儀では、観音崎に公儀の御用船を配備させているという。この配備にのろし台が加わるといち早く海賊帆船の動きが江戸で知れることになる。

定信は、四郎兵衛の嘆願を受け、勘定奉行らに命じて、急ぎ八日間でのろし台を完成させた。

その時点で三左衛門の海賊船団が江戸の内海に入った様子はなかった。

無為な日にちが過ぎていく。

この日、四郎兵衛は神守幹次郎に形を変え、吉原会所の裏口から大門前に出た。頭には初秋の日差しを避けるために菅笠を被っていた。

「おお、裏同心どのか」

と声をかけてきたのは面番所の村崎同心だ。

「おや、本日はご出勤日でしたかな」

「いや、そうではない。些細《ささい》なものを面番所に忘れていたことを思い出し、取りに来たのだ。そなた、柘榴の家に戻る気か」

「いかにもさよう」

厄介な人物と厄介になりそうな問答をしているなと幹次郎は警戒した。

「ならばご一緒しようか。それがし、そなたの住まいの柘榴の家に招かれておらぬでな、しばし立ち寄ってもよい。いや、長い付き合いに挨拶もしておらぬでは、失礼極まりないでな」

と村崎同心が幹次郎の住まいに同行するという。このところ吉原会所に泊まり込みが続き、久しぶりに柘榴の家で気を休めようと考えておるのにと、内心愕然《がくぜん》とした。

「村崎どの、八丁堀の役宅にご母堂《ぼどう》と嫁女《よめじょ》どのがお待ちでござろう。忘れものをお取りになったのなら早くお帰りなされ。うちへの訪いは、また後日」

「いや、わが役宅を案じるな、女どもは勝手に飲み食いしてな、わしの膳などこの刻限から戻ってもあるまい」

ふたりは五十間道の途中まで来ていた。もはや打つ手はないか。どうやら村崎同心はこの機会を狙っていたな、と幹次郎は村崎季光を柘榴の家に連れていかざるを得ないかと覚悟した。

そのとき、背後から足音がして、

「神守様、いささか厄介が廓内で生じましたので急ぎ会所にお戻りください」

との澄乃の声がした。

「うむ」

と応じた幹次郎は、村崎同心に、

「お聞きのように、それがし、御用が生じたゆえ廓に立ち戻る。村崎どの、お先にどうぞ」

「おい、女裏同心、そなたひとりで目処が立たぬ厄介ごとか」

「今晩じゅうに対応しなければ何日もかかりましょう」

と村崎同心の未練がましい言葉に澄乃があっさりと答えていた。

「ということで失礼しますぞ」

と幹次郎は踵《きびす》を返した。

背後では村崎同心がふたりの動きを見ていたが、どうやら諦めた気配がした。

「神守様、浅草田圃から柘榴の家にお戻りくだされ」

「澄乃、そなた、村崎どのの魂胆をあっさりと打ち砕きおったな」

と応じながら、五十間道の外茶屋の間を抜ける路地にするりと入り込んだ。

五十間道は緩やかに蛇行《だこう》し、衣紋坂の上からは大門が見えないように造られていた。土手八丁をお鷹狩《たかが》りに行かれる将軍一行の目に遊里が入らぬように、かような曲がりくねった道にしたと聞かされていたが、真偽はどうか幹次郎は知らなかった。

ただ、嶋村澄乃が一人前の吉原会所裏同心になったことは明白だと、近ごろの活躍を振り返りながら浅草田圃に入った。

（もはやそれがしの助勢など要らぬ）

澄乃が独り立ちしたことが幹次郎には嬉しくも寂しくも感じられた。

浅草田圃には、夏と異なり早く夕暮れが訪れて、黄金色《こがねいろ》に実った稲穂が垂れていた。

御免色里に向かう客は柳橋辺りから山谷堀にかかる今戸橋に猪牙舟で乗りつけ、胸に馴染の遊女の顔を思い浮かべながら土手八丁を見返り柳に向かう。それが大半の遊客の通い道だ。だが、中には浅草寺の境内を抜けて浅草田圃の道を行くのが通の遊び人よ、と自負する客もいた。

そんな客とすれ違ったが、中には顔見知りもいないではなかった。

遊里に行く御仁に挨拶するのは野暮の骨頂、幹次郎は微かに会釈してすれ違った。出羽《でわ》本荘藩六郷家の下屋敷を見ながら、柘榴の家の裏門に辿りつくと、飼い犬の地蔵が飛んできて、わんわんと吠え立て、主の久しぶりの帰宅を喜んでくれた。

「おお、地蔵、元気だったか」

と幅半間（約九十一センチ）の枝折戸《しおりど》を開いて地蔵の頭を撫でた。浅草田圃の畦道《あぜみち》の奥にある柘榴の家の裏戸を知る人はまずいなかった。

「お帰りなされ」

と庭を回って表の格子戸に立った幹次郎を女たちが迎えてくれた。ふたりとも
に湯に入ったようでさっぱりとした素顔で、浴衣姿だった。

「幹どの、柘榴の家がどちらにあるかお忘れになったのではございませぬか」

と麻が汀女の言葉遣いを真似て言い、幹次郎の大小を受け取るために両手を差
し出した。麻は武家方の出だ、かようなことには慣れていた。

「うむ、正直申すとそんなところだな、吉原会所の頭取の座に就くことがこれほ
ど大変なこととは夢にも考えなかった。七代目は、自然の振る舞いで務めておら
れたで、それがし、勘違いをしておった」

「幹どの、もはや手遅れにございます」

と今度は本物の汀女が応じた。

「上がらせてもらおう」

と他人の家を訪ねたような言葉を吐いた幹次郎に、

「なんぞございましたか」

と汀女が質した。

母屋の座敷には夕餉の仕度ができていた。

「おお、大門を出るところで面番所の村崎同心に捉《つか》まったのだ」

と前置きした幹次郎がその様子を語った。

「おやおや、そう毛嫌いなさらず、一度くらいお招きになってもよろしゅうございましょう」

と汀女が言い、刀掛けに大小を戻した麻が、

「姉上、村崎同心様は、生半可《なまはんか》な御仁ではございません。一度お招き致さば毎日お出でになりましょう」

と笑って言った。

「おや、さように厄介な御仁でございましたか。毎日は困りますね」

「大困りじゃぞ、それがし、いよいよ柘榴の家に戻ってこられなくなるわ」

「それは困ります」

と応じた汀女が、

「まずは幹どの、湯に浸かってさっぱりなされませ」

と言った。

同刻限、噂の主は、今戸橋際の船宿牡丹屋にいて猪牙舟に乗ろうとしていた。

吉原の面番所の隠密廻り同心やその上役ともいえる内与力には、八丁堀までの送り迎えがなされた。とはいえ出勤日でない村崎同心が舟代も支払わず使う権限はない。だが、怠《なま》けきった隠密廻り同心が、そのような決まりを気にするわけもない。

「村崎様、おれが八丁堀まで送らせてもらいます」

と磯次が舫い綱を解いた。

「ま、待て。そのほう、見習船頭であったな」

「へえ、正真正銘の見習でさあ。とは言っても大川を下るだけだ、慣れた流れだ、安心なせえ」

「ならぬ。見習船頭にそれがしの身を託せるものか。代われ、だれぞ、まっとうな船頭と代われ」

「村崎様よ、みんな出払っているんだよ。おれで我慢しなせえ。舟賃もなしは見習で十分だよ。さあ、行くぜ」

「ならぬ。おまえの面をこのところ廓内で幾たびも見かけたな。見習船頭が吉原会所に出入りするとはどういうことか」

村崎の好奇心がひょいとそちらに飛んだ。が、

「旦那がさ、あちらこちらに手出しするように、見習は見習で忙しいんだよ。気にするこっちゃないぜ」

と磯次は平然としたものだ。

「おかしい」

と声を張り上げたとき、今戸橋の上から声が降ってきた。南町奉行所定町廻り同心桑平市松だ。

「どうなさった、村崎どの」

「うむ」

と顔を上げた村崎が同輩の桑平を見て、まずい、という顔をした。

「いえね、桑平の旦那、こちらの旦那がご出勤でもねえのに猪牙に乗って八丁堀に送れと申されるのさ。そのうえ、見習船頭のおれじゃダメ、まっとうな船頭に代われって無理を言いなさる。おりゃ、牡丹屋の見習だがよ、爺ちゃんの政吉に物心ついた折りから櫓と棹の使い方は伝授されてきたんだよ、そんじょそこらの半人前じゃねえや。そう思うだろ、桑平の旦那よ」

とここぞとばかり大声で一気にまくし立て、

「おお、おめえの言うとおりだ。この問答、勝ち目はないな、村崎様よ」

と桑平同心がにやにや笑いながら応じた。

「くそっ、見習、そなた、歳はいくつだ」

「十五だよ。な、案ずることはねえって。ここんとこ、猪牙を沈ませたことはねえからよ。二、三年前までは石垣にぶつかって客を水に落っことしたこともあったがよ、そういえば、あの客どこへ行っちゃったかな。まあ、ここんとこ、そんな不調法はなしだ」

と言った磯次が猪牙を隅田川へと向けた。

「見習、まかり間違っても隅田川にわしを落とす真似はするではないぞ」

と哀願《あいがん》する村崎の声が橋の上まで聞こえてきた。

「桑平の旦那よ、村崎様が面番所勤めになって長いぜ、会所はあんな同心相手でいいのかね」

と顔を出したのは磯次の爺様であり、船頭の師匠の政吉だ。

「磯次め、好き放題にほざきおったな」

と桑平市松が苦笑いの体で応じた。

「桑平の旦那のようにさ、十手《じって》の力を決して御用以外で使わない役人衆には、おれたちは黙って頭を下げるがよ、飲み食いに送り迎え、勝手気ままにあのような真似をする同心風情は、ときに大川の流れに叩き込みたいときがあるのさ。そんな苦情を磯次はがきのころから聞いてきたからね、お聞きになった通りでさ、半人前の見習がよう言いやがる」

「磯次、こたびの騒ぎで吉原会所を手伝っているってな」

「四郎兵衛様と土手八丁の夜道を歩いているとき、小さい騒ぎがあってな、そんな経緯から三島屋三左衛門一統との争いを最後まで手伝えとわしが許しを与えたのさ。ところが八代目もこのところなかなか探索がうまくいかないらしく、あちらが暇の折りはと、本業に戻したところに村崎同心のお成りだ。ちょうどいいや、磯次をあてがったのさ」

「とんだとばっちりか、自業自得か知らないが、村崎同心は今戸橋界隈に恥を広めた図じゃないか」

「まあね、村崎の旦那の阿漕はこの界隈の住人ならだれもが承知のことだ」

と政吉が笑った。

柘榴の家では夕餉が始まっていた。汀女と幹次郎がこの刻限にふたりして顔を揃えることは滅多にない。偶さか重なった身内勢ぞろいに酒が出た。幹次郎、汀女夫婦に義妹の麻の三人がゆったりと杯を交わしていると、地蔵が門前の人の気配に気づいてワンワンと吠えて教えた。

おあきが立ち、地蔵が従った。

五つ半になろうという刻限だ。

「まさか村崎同心のお成りではあるまいな」

と幹次郎が気にかけたが、おあきに連れてこられたのは磯次だった。

「おや、どうしたな、磯次」

磯次は汀女とも麻とも未だ言葉を交わしたことはない。ふたりの女衆に立ち竦んだ。

「邪魔だったな、すまねえ」

と言い訳をしようという磯次に、

「御用の筋のようだな」

と幹次郎が尋ねて、座を設けた。

おあきは台所に立ち、もうひとつ膳の仕度を始めた。柘榴の家は不意に人が訪れるゆえ、おあきはかようなことには慣れていた。

「あのさ、おれ、村崎の旦那を牡丹屋から八丁堀に送る羽目になったんだよ」

とその経緯を話した。

「なに、それがしが被るはずだった村崎同心の後始末を磯次が任されたか」

と苦笑いした幹次郎が、何があったかを自在に磯次に話させることにした。

「あいつさ、おれの腕を信じてなかったのさ。ところが大川に出て、おれの櫓捌きに安心したか、見習、八丁堀に帰るのはよす。両国橋の向こうにある回向院を承知かと言い出しやがった。なんとよ、ここんとこ回向院に縁があるなと思いながら、両国橋の手前で堀に入り、回向院の正面におれが猪牙をつけてやると、待たなくていいと言うんで、おりゃ、せいせいしたと思いねえ。

おれが猪牙を大川に戻しているると村崎の旦那が座っていた辺りに、分厚い書付が落ちていたんだ。あいつ、困っているだろうと思って急いでよ、引き返して回向院の表に上がったが、影も形もないや。

そんときさ、なんとなく、おりゃ、あいつが鬼の五郎蔵の賭場に行ったんじゃないかと思いついて行ってみた。あの賭場なら、つい最近潜り込んだことがある。見張りの五郎蔵の子分の隙をついて、破れ屋敷でやっている賭場の床下に潜り込んだのさ、そしたら、いきなり野郎のしゃがれ声が頭の上から聞こえてきたじゃないか」

「おい、五郎蔵、ここんとこ京町二丁目の妓楼豊遊楼に三左衛門の姿がないではないか。あやつら、本業に精出しているんじゃないか」

「村崎の旦那よ、あまり妙なことに関心持つと、おめえの命が危なくなるぜ」

一拍間を置いた村崎同心が、

「五郎蔵、わしを脅す気か。殺すってんなら殺してもいいぜ。おまえとわしとの関わりも、三左衛門との付き合いもすべて認めた書付を残しておるでな、おまえたち、ひとり残らず奉行所に召し上げられるぜ」

「おい、その書付、面番所にあるのか、それとも役宅に置いてあるか」

(まさか、こやつが)

といった慌てた口調で五郎蔵が詰問した。

「おまえが考えそうなところにはないぜ。南町奉行所の隠密廻りの控え部屋に隠してあるのよ。それでもわしを始末すると言うのか」

「くそったれが」

と罵《ののし》る五郎蔵に村崎季光が、

「どうだ、鬼の五郎蔵、爺様や親父のように仏の五郎蔵にならないか」

「どういうこった」

「わしの書付、買ってくれぬか。いや、こいつは相談ごとではない。わしの言いなりの値で買うしか、おまえたちの先行きはないということよ」

「……いくらだ」

「三百両」

「ふざけるんじゃねえぞ」

「言いなりと言ったぞ、五郎蔵」

長い間があった。

「よし、書付と三百両は引き換えだ」

「ああ、いいとも、ただし引き換え場所は御免色里の大門前、明日、夜見世の始まる六つの刻限ぴったりだ」

ふっと吐息をついた五郎蔵が、「いいだろう」と応じると、

「三百両は五郎蔵、おまえひとりが持参するんだ。子分も用心棒もなしだ」

「神守様よ、こんな問答を聞かされたんだよ」

柘榴の家の座敷にも沈黙があった。

「磯次、えらい魚を釣り上げたな。こりゃ、このことが公になったら村崎季光は、この先、南町奉行所に奉公できませんよ。だれも救えるものではない」

と幹次郎が言い切り、さらに質した。

「うっかり忘れていったか、書付はどうなりましたな、磯次」

磯次が襟元から書付を出し、幹次郎に渡した。

「この書付が村崎季光と鬼の五郎蔵、また豊遊楼の三左衛門の命綱ですか」

と幹次郎がそれなりに分厚い書付を広げた。

村崎同心は、えらく細かい字で三者の関わりや出来事を克明に記していた。

「どうしたものでしょうね」

と幹次郎は自問した。そこへおあきが磯次の膳を運んできた。

「磯次さん、そなた、うちにいることを牡丹屋さんは承知ですね」

と汀女が質し、うん、と磯次が頷いた。

「どうやらこの騒ぎも大団円を迎えそうじゃ、まさか隠密廻り同心どのが関わっておるとは努々考えもしなかったわ」

幹次郎が呟き、

「磯次さん、お腹が空いたでしょ、食べなさい」

とおあきが、烏賊《いか》の焼き物が主菜の膳を磯次の前に置いた。

三

翌未明、剱崎の見張り所が三隻の武骨な大型帆船に目を留めた。まるで異国の帆船のようで帆も一枚帆ではなく、主帆は横帆《よこほ》、三角の弥帆《やほ》が舳先と艫に何枚も張られていた。

剱崎ののろし台から観音崎ののろし台へと、

「三島丸海賊船団」

の江戸内海入津を知らせる信号が送られた。さらに観音崎から八景島《はっけいじま》へと伝えられ、次々にのろし台からの信号が伝わり、江戸表の佃島に置かれた本陣へと知らされた。

この本陣、老中首座の松平定信の支配下にあったためにすぐに藩邸の定信に知らされ、さらに老中太田資愛と吉原会所の四郎兵衛へと伝達された。つまり、佃島の本陣とは公儀の本陣ではない、老中首座と新入り老中に吉原会所が加わった極秘の機関であった。

四郎兵衛は、五つ時分に柘榴の家でこの知らせを受けた。吉原会所から澄乃と金次によってもたらされた報告に、

「事が起きるときは一気に起こりますな」

と嘆息し、しばし沈思したあと、

「澄乃、番方に松坂町の五郎蔵と村崎季光同心の動きをとくと見張ってくれと伝えてください」

と命じた。さらに金次によって、身代わりの左吉と南町奉行所定町廻り同心桑平市松に告げられることになった。

そこまでは順調に機能していたが、のろし台が頓挫した。

江戸の内海に入ったはずの三隻の海賊船団の姿が忽然《こつぜん》と消えたという。

夜明け前、内海に驟雨《しゅうう》が降った。その雨にかき消されるようにいずこかに行方を暗《くら》ましたのだ。

新たな情報が伝えられたとき、すでに四郎兵衛は会所に出ていた、昼下がりの八つの刻限だ。それを聞かされた四郎兵衛は、

(江戸の内海といっても広い)

と思った。

江戸の内海は広義に相模国の剱崎と安房国の洲崎《すのさき》の間、湾口幅五里余（約二十一キロ）が外海と分かっていた。茄子のかたちをして、北東に頭を突き上げたような内海の南北の距離は十七里半（約六十九キロ）もあり、内海の最深部は二百三十一丈（約七百メートル）と深かった。

（どうしたものか）

と四郎兵衛は腕組みして瞑想した。

「番方、松坂町の五郎蔵の動きはどうですな」

と不意に問うた。

「あちらは澄乃と金次が見張っています、連絡が来ないところを見ると変わりはないと思いますぜ」

と仙右衛門が応じた。そこへ磯次が姿を見せて、

「八代目、なんぞおれにできることはあるか」

と願った。

四郎兵衛は、

「磯次、三隻の海賊船団が内海に入ったあと、姿を消しおった。磯次はどう考えるな」

と川舟の見習船頭に尋ねてみた。

「八代目、内海ったって広いぜ。爺ちゃんから聞いたが、江戸の御朱印地《ごしゅいんち》がいくつも入るほど大きいってな。だがよ、釼崎と洲崎の間の水路を抜けたんだ。間違いなく内海のどこかに潜んでいるはずだ。三隻の大きな帆船だ、消えるはずないな」

「そうか、そうだな。ここはじっくりと腰を据えるしかないか」

「よし、おれがひとつ漕ぎ、猪牙で川向こうを見てこようか」

「そうしてくれるか。澄乃と金次が五郎蔵の様子を見張っているはずだ。海賊船団から格別に五郎蔵へ連絡が入ったかどうか確かめてこよ。連絡が入っていなければ、五郎蔵は嫌でもこの吉原の大門前に六つの刻限、姿を見せる」

「だよな。隠密廻りの村崎同心と会ってよ、三百両を渡さなきゃならないもんな。でもよ、村崎の旦那だが、舟に置き忘れた書付がなければ三百両と交換できないぜ。どうする気かね」

「村崎同心には浅知恵があるでな。書付を失くしたと知ったあと、慌てて新しい書付を作ったのではないか。己が認めた書付をもう一枚書くだけだ、そう難しくはあるまい」

「おお、あの同心のやりそうなこったな」

と応じた磯次は本所松坂町に向かった。

四郎兵衛は吉原会所の奥座敷で待った。待つしか手立てはなかった。

六つ前、四郎兵衛は八代目頭取の衣装を脱ぎ捨て、単衣の小袖に裁《た》っ着袴《つけ》を身に着けると脇差を腰に、西国豊後の竹田城下を汀女の手を引いて脱藩する折りに差していた、無銘の豪剣を手に携えて吉原会所の裏口に向かった。すると心得たように澄乃と磯次が飛び込んできた。

「おお、五郎蔵は、こちらに姿を見せおったか」

「はい、海賊船団から一切連絡は入っておりません、駕籠にて大門前につける様子です」

と澄乃が応じた。

「ほうほう、三左衛門一味が外海で海賊商いをなしたのであれば、その積み荷の振り分けやら売り捌きやら何やらで忙しかろうでな、こちらには来ぬかもしれぬと思っていたのだが。しばらくは船団はどこぞの隠れ湊にでも潜み、内海には姿を見せぬ心算か。五郎蔵が海賊船団の隠れ湊を承知であればよいがな」

と神守幹次郎が述べた。

「神守様よ、五郎蔵がどこまで知っているかは、三左衛門と五郎蔵の付き合いがどれだけ深いかにかかっているな。おれな、最前、牡丹屋に立ち寄ってな、江戸の内海の絵地図を持ち出して、松坂町に着いたあと、じっくりと見たんだ。内海ったって、安房、下総、上総、武蔵、相模と五国に囲まれているんだ。安房なんぞにあやつらが隠れ湊を持っていたら、厄介だぞ」

と川舟の見習船頭が言い放った。

「いかにも磯次様の申される通り、厄介でございますな。となれば、五郎蔵と村崎同心のふたりが大門前で落ち合う一事が重要となりますな。ふたりが会った直後、番方が用意した外茶屋磐城《いわき》に騒ぎを周りに知られぬように連れ込みましょうかな」

「番方は自信満々でございましたよ。それにしても村崎同心め、無法な取引の場を己の勤め先の吉原大門前に指定したのは大胆極まりませんか、一生の不覚になりませんか」

澄乃が言い、

「小頭の長吉さん方はすでに配置についております」

と幹次郎に告げた。

御免色里の吉原から清掻の爪弾きが流れて、飄客たちの遊び心を掻き立てた。

そのとき、深編笠を被って顔を隠し、まるで勤番侍といった形の、羽織袴の村崎季光隠密廻り同心が大門前に停められた駕籠へと歩み寄っていった。そして、駕籠舁《か》きに、

「そのほうら駕籠を離れておれ」

と含み声で命じた。

駕籠屋の先棒《さきぼう》と後棒《あとぼう》が顔を見合わせたが、吉原の大門前ということもあり、駕籠を離れた。するとまたどこの駕籠屋かが近寄ってきて、

「兄い、すまねえがちょっとの間、おまえさんたちの駕籠を貸してくんねいな」

と願った。

「どういうこったえ」

「おれたちよ、吉原会所の若い者だ。ちょいと駕籠の客と、さっきおまえさんたちに話しかけた侍に用事があるのよ。おまえさんたちの駕籠は、ほら、あそこ、外茶屋磐城の裏口に置いておかあ。あとはすべてを忘れてくんな」

と宗吉が川向こうの駕籠屋の手に二分ずつ渡した。

「おい、いいのか」

「いいってことよ」

と大門前で駕籠屋が交代した。

雑然とした大門前に停められた駕籠に勤番侍の体の村崎同心が近づき、

「松坂町の、約定のもの、持参したであろうな」

と質した。駕籠の垂れがわずかに上げられ、

「おめえさんこそ、書付を持参したな。まずは書付を見せてくんな」

と五郎蔵が手を差し出した。

その胡坐《あぐら》をかいた膝の上に金子の包みがあるのを見た村崎同心が、

「ここは厄介な場所ということを承知だろうな。急ぎ確かめよ」

と慌てて拵えた書付を差し出した。受け取った五郎蔵が書付を大門の提灯の灯りで確かめていたが、

「おい、墨の字が書いたばかりに見えないか」

とぱらぱらと捲《めく》って、

「なんだ、こりゃ。最初だけじゃないか。三百両なんて渡せるものか。駕籠屋、このまま土手八丁に突っ走れ」

と命じた。すると、

「合点承知の助」

と応じた俄か駕籠屋の宗吉と金次が、五十間道に並ぶ大門から見て一軒めの外茶屋磐城の裏門に向かう路地に駆け込んだ。

「ま、待て待て」

と村崎同心が駕籠を追っかける。磐城の開け放たれた、両開きの裏門に駕籠が飛び込んでいった。さらに村崎同心が……。

その直後、裏門が閉じられ、駕籠から松坂町の五郎蔵が飛び降りた。そして、村崎同心と向き合った。

「五郎蔵、なんの真似だ。この界隈はそれがしの縄張りうちだぞ」

「それがどうした、村崎さんよ、おれを騙そうとしやがったな」

とふたりが剣呑《けんのん》な顔で睨み合った。

そのとき、駕籠舁きふたりが駕籠の中の三百両と思しき包金《つつみきん》を五郎蔵の足元に放り投げ、裏門を開けると、言葉を失くして佇む本来の駕籠屋の先棒と後棒ふたりに、

「有難うよ、ほれ、駕籠は返すぜ」

と空駕籠を裏門前に置き、自分たちは磐城の裏庭に急ぎ戻った。五郎蔵が、

「なんの真似だ、駕籠屋」

と俄か駕籠屋の宗吉と金次に質した。

「へえ、鬼の五郎蔵さんよ、ちょいとした田舎芝居と思ってくんな」

と金次が顔を隠していた手拭いを剝ぎ取った。

「おまえは、会所の金次だな」

と村崎同心が叫んだ。

「おお、いかにも吉原会所の宗吉と金次だよ」

「なんの真似だ」

「村崎様よ、そりゃこっちの台詞《せりふ》だぜ。おまえさん、松坂町の鬼の五郎蔵と組んで、何をしようとしていなさるね」

「町奉行所同心は、いつでも大事な御用を務めているんだ、金次」

「ほう、大事な仕事ね、なんだい」

「吉原会所の半端者に言えるわけもない」

「もっともっとも」

と磐城の裏庭に別の声がして、磯次が姿を見せた。その傍らには澄乃がいた。

「おまえは牡丹屋の見習船頭だな」

「いかにもさよう、見習船頭だ。この書付、おまえさんのだよな」

と四郎兵衛から一時返してもらった村崎同心の書付を見せた。

「ああ、おれは猪牙に落としていたか」

と叫び、五郎蔵が、

「おい小僧、そいつはこのおれに渡せ。この三百両はおめえにやってもいいぜ」

「ほう、鬼の五郎蔵、気前がいいな。どうせその包み、三百両なんて本物じゃあるまい」

と磯次が言い放った。

「なに、五郎蔵、おまえは書付を贋金《にせがね》で買おうとしたか」

「村崎の旦那、おめえさんだって、書付なしでおれから三百両をふんだくろうとしたろうに」

とふたりが言い合った。

「村崎の旦那、松坂町の五郎蔵、ふたりしてとっくりと話をせねばなりますまいね」

それまで黙っていた澄乃が口を挟んだ。

「女裏同心、なんの真似だ。それがしが面番所の隠密廻り同心であることを忘れたか」

「村崎様、松坂町の鬼の五郎蔵といったいどんな間柄ですね。書付で五郎蔵から三百両を騙し盗ろうとした小芝居、どう、おまえ様の上役や南町奉行池田長恵《いけだながしげ》様に申し開きなさいますね」

「そ、それは御用の筋で、五郎蔵を引っかけようとしただけだ」

「やい、村崎季光、てめえひとり、いい子になろうったってそうは問屋が卸さないぞ」

と五郎蔵が叫び、

「話し合いはあちらの味噌蔵でね、ゆっくりと続けましょうかね、おふたりさん」

澄乃が言ったそのとき、五郎蔵が懐の匕首を抜いて裏門に駆け寄った。

その瞬間、澄乃の帯の下に巻かれた鉄輪付きの麻縄がしなり、五郎蔵の背中を叩いて転がした。

「村崎の旦那、おまえ様も獄門台に上がりますか」

と澄乃が言い、

「ささ、おふたりさん、あちらの味噌蔵にお招き致しましょうか」

と麻縄を手にした澄乃が命じた。

味噌蔵の中で神守幹次郎と番方の仙右衛門がふたりを待ち受けていた。

「村崎同心、こたびばかりはいささか町奉行所隠密廻り同心がなしてはならぬ所業をやりなすったね」

「おい、八代目、五郎蔵との付き合いは探索の一環じゃぞ。そなたも吉原会所の頭取なら探索に表も裏もあることを承知していよう」

「村崎様、五郎蔵とは、昨日今日の付き合いではありますまい。私どもがかような真似をするときはすべて証しを積み重ねた上での最後のツメと思いなされ。返答次第では、南町奉行所隠密廻り同心、獄門台に上がることになりますでな。お分かりかな、村崎季光」

と凜然とした幹次郎の言葉に村崎同心ががくがくと頷いた。その視線が五郎蔵に向けられた。

「五郎蔵、そなたと村崎同心の付き合いは吉原会所にてほぼ摑んでおります。御免色里の吉原がまず許せぬことは、そなたが吉原の内外で遊女の売り買いをしていることです。この一事だけで吉原は、町奉行所に訴えることもできます。されどさような迂遠《うえん》な策を取らぬ始末も致します。この場におる村崎同心が承知かどうか、われら、密やかにふたりの命をこの世から消すこともやりまする。それがしの前身を五郎蔵、承知でしょうな。裏同心と呼ばれた吉原会所の用人棒でした。

つまり、裏同心神守幹次郎が吉原会所の八代目頭取四郎兵衛になるまでには、無数の命が消えていったことを、ふたりして察することくらいできましょう。いかがかな、村崎季光」

四郎兵衛の問いに、村崎が最前より激しくがくがくと頷きを繰り返した。

「どうですな、五郎蔵」

と四郎兵衛の眼差しが松坂町の三代目を捉えた。

「へ、へえ。噂には」

「ほう、どんな噂ですな」

「あれこれと」

「あれこれね」

と相手の言葉を繰り返した幹次郎が、

「これから八代目四郎兵衛が申すこと、ふたりして耳をよく澄ましてお聞きなされ。その上で問いは一度、繰り返しませぬ。虚言を弄するときは、この場で四郎兵衛が首を刎《は》ねて、骸は女郎の投込寺の無縁墓地に埋めまする。かようのことには手慣れた配下の者が揃っておりますでな。よいかな、村崎季光」

「は、はい」

「五郎蔵はどうです」

「へえ、承知しました」

「ならばそなたから尋ねましょうかな。吉原の京町二丁目に豊遊楼なる大籬の妓楼がございます。妓楼の主は、東海道三島宿の旅籠屋と船問屋の主を兼ねる三島屋三左衛門です。三左衛門のことはとくと承知でしょうな」

「三島屋が妓楼の主になる手伝いをしましたので、幾分かは承知しております」

「幾分な、とくと考えて次なる問いには答えなされ。三島屋の本業はなんですな」

「ほ、本業ですか」

と五郎蔵の返答が止まった。

「知らぬならば知らぬと答えなされ。偽りを申した場合」

と言った幹次郎が、

「だれぞ、それがしの刀を」

と願うと澄乃が、

「これに」

と神守家の先祖が戦場で騎馬武者と戦い、佩刀《はいとう》を奪い取ってきたとの言い伝えの無銘の豪剣刃渡り二尺七寸（約八十二センチ）を差し出した。

「うむ」

と返事をした。が、刀には触れることなく視線を五郎蔵に戻した。

「か、海賊商いが本業にございます」

「ほう、外海で大砲を搭載した海賊船三隻で交易船を襲い、乗組みの者たちの命を奪い、積み荷を強奪するのが本業と言うか」

「間違いございません」

「ではいまひとつ、もはや些細なことよ。海賊帆船の隠し湊はどこか」

「うっ」

と喉を詰まらせた五郎蔵が首を横に振った。

「それは聞かされておりません」

「これまで付き合いを重ねて隠し湊も教えてもらっておらぬか」

「おりません、この期に及んで嘘は言いません」

と五郎蔵が顔を歪めた。

幹次郎の視線がゆっくりと村崎季光に向けられた。五郎蔵が知らぬことを村崎が承知しているとも思えなかった。

「し、四郎兵衛様、いやさ、神守幹次郎様、そ、それがし、三島屋三左衛門が豊遊楼で漏らした言葉をちらと小耳に挟みました」

「ほう、たしかなことか、三左衛門はなんと言うたな」

「はっ、はい。隠し湊の名を告げたのですが、ただ今記憶が薄れて曖昧としております。虚言は言いませぬ、いえ、落ち着けば思い出します」

「磯次、江戸の内海の絵図面をこれに」

と願うと磯次がここぞとばかりに絵図面を差し出した。

「この絵図面のどこか指してみよ」

村崎同心が震える手であちらこちらと彷徨《さまよ》い、

「ああ、あった。ここです」

と指した。

「おおー」

と幹次郎が己の迂闊を悔いるように叫んでいた。

四

江戸の内海の中でも相模国長浦《ながうら》と郷人《さとびと》に呼ばれる長くて深い短冊《たんざく》形の入江が御《み》埼《さき》の一角に抉《えぐ》れてあった。

山を越えて西に向かえば、相模の内海に逗子《ずし》や鎌倉など古くからの都、町々が見られた。だが、この長浦一帯は未だ人の手が入らぬ未開の湾と原生林で構成されていた。

未明の刻限だ。

神守幹次郎は、長浦を見下ろす鬱蒼《うっそう》とした樹林の中に突き出した岩場の上から三島屋の海賊船団の隠れ湊を眺め下ろしていた。傍らには幹次郎の信頼する仲間の南町奉行所の定町廻り同心桑平市松、身代わりの左吉、それに女裏同心の嶋村澄乃がいた。

「江戸の内海にかような秘境がありましたか」

と捕物出役《とりものしゅつやく》の形で頭に鉢巻《はちまき》をした桑平が漏らし、

「やはり江戸の内海は広いな」

と幹次郎が素直な感想を述べていた。

吉原に関わりを持った幹次郎は、御用で幾たびか鎌倉界隈を訪ね、帰路、東海道の程ヶ谷《ほどがや》宿へと出る金澤《かなざわ》・鎌倉道を通っていた。金澤八景にも立ち寄ったことがあったが、長浦を訪ねるのは初めてだ。

「神守様、公儀の御船方《おふなかた》の所有船から合図がありましたよ」

と未明の光を用いた鏡の合図を捉えた澄乃が幹次郎に告げた。

公儀の御用では、向井将監《むかいしようげん》が世襲で若年寄支配下の御船手頭《おふなてがしら》を務めていたが、こたびは老中太田資愛が直に指揮していた。太田の上には老中首座にして家斉《いえなり》の後見役松平定信が控えて、

「格別なる御用」

として太田資愛の指揮のもとに動くことになっていた。

そんなわけで海賊船団の捕縛に関して、御船手頭の支配下、御船手同心五組のうち、武力優秀なる一ノ組と二ノ組からそれぞれ三十人、計六十人が与《くみ》し、海賊捕縛に加わることになった。

定信は、海賊船団の大砲を積んだ三隻の帆船を無傷で捕獲するように、老中太

田資愛と神守幹次郎に厳しく命じていた。定信は和船でありながら大砲を搭載する海賊船を公儀の御船手頭に組み入れることを考えていたのだ。

近年和国の周辺に何十門もの大砲を搭載した異国船が現われ、幕府に対して開港交易を迫っていた。一方、異国船に抗する幕府に大砲搭載の帆船は未だない。三左衛門の海賊船を手に入れて公儀の御船手頭に属させ、外海を航行し、大砲を放つ訓練をしようと定信は密かに考えていた。

捕縛に当たって焼き払う策ならば比較的容易いと思われたが、無傷で捕獲するのは至難の業だった。三左衛門の手下たちは海賊商いで大砲を放つことに慣れていた。どうしたら海賊船団三隻を無傷で手に入れることができるのか、神守幹次郎は未だ迷いを断ち切れなかった。

「神守の旦那、なんとも大仰《おおぎょう》な戦になっちまったな。海賊とはいえ軍船に大砲を積んでいやがる。公儀の御船手頭所蔵の小早《こはや》、三十二挺立《ちょうだて》の住吉丸《すみよしまる》と稲荷丸《いなりまる》の二隻をこちらにお貸しになったがよ、同心方六十人、昔ながらの弓、槍、刀で挑むというんだぜ、どうするよ」

と左吉が幹次郎の迷いを察して言った。

「相手方に大砲を使わせては、こちらの負けは決まっていよう。砲弾を撃たせる前に不意をつくしかあるまいな」

一昨日、長浦が一味の隠れ湊と分かった折りから、詮索隊に身代わりの左吉と桑平同心を立て、神守幹次郎は一日遅れで佃島から漁師舟に乗ってこの地に来ていた。江戸に残ったのは、老中松平定信と太田資愛との最終的な談議のためであった。三者会談で先手を取って、

「吉原会所には四郎兵衛が残り、現地には、それがし、神守幹次郎が出向きます。ご老中、こたびの海賊船団殲滅《せんめつ》、公儀の長《おさ》はどなたでございますな」

と幹次郎はふたりの老中に質した。

定信が太田資愛を見た。

「それがしが陣頭指揮をと申し上げとうござるが、それがし、修羅場を潜った経験がござらぬ。となると吉原会所の八代目頭取にして裏同心を兼ねる神守幹次郎どのがこの戦の指揮を執る他にございますまい」

との太田老中の言葉に定信が頷いた。

幹次郎はこうなることは推量できたので、沈黙を続けた。

「神守幹次郎、こたびの戦、公のようで公ではない。そのほうが吉原会所の頭取と陰の人、裏同心を兼ねるように表と裏がある。が、裏だけに任せるわけにはい

かぬ。ゆえにそのほうの腹心として予の重臣、富樫佐之助忠恒を付ける。富樫は、城中の駆け引きには打ってつけじゃが、太田どの同様に修羅場の経験はない。されど、神守、そなたの足りぬところを富樫が補ってくれよう。これでよいか」

「承知仕《つかまつ》りました」

幹次郎は吉原から澄乃と老犬の遠助を、そして牡丹屋の見習船頭の磯次を連れていくことにした。そのことを知った番方の仙右衛門が、

「八代目、女子供と老犬が供でございますか。それはいくらなんでも」

「いや、番方らの力を削《そ》ぎたくないでな。吉原がしっかりとしておらねばいくらこの戦に勝ったところでどうにもならぬ。あちらには御公儀でそれなりの数を揃えておるでな」

と幹次郎が返答し、仙右衛門も黙らざるを得なかった。そんなわけで大川から江戸の内海を南下して長浦に着いたのだ。

初めて三島屋一味の隠れ湊を望んだ幹次郎に、

「神守の旦那よ、秘策はあるんだろうな」

と身代わりの左吉が訊いた。

「本業がなにやら分からぬ海賊の頭領《とうりよう》に、異人か和人か知らぬ妖術遣いの女らが相手だ。あるようでない」

「ねえんだな」

「左吉さん、いや、ござる。神頼みかね」

と幹次郎が応じて、

「当たって砕けろ。命はだれもひとつしかござらぬ」

と己に言い聞かせると岩場から下りた。

敵方の隠れ湊から見て湾の対岸の三丁（約三百三十メートル）ほど離れた崖下に牡丹屋の舟の中でも舟足の速い猪牙舟がひっそり泊まり、磯次が待機していた。その傍らには遠助が控えていた。

海賊船団では昨夕までに交易帆船から強奪したと思える品々を、江戸の大商人三軒に売り渡していた。長崎口の異国の品々を載せた交易帆船を襲い、積み荷を強奪した三島屋三左衛門一統は、

「やれ、ひと仕事が終わったわ」

とばかり、この朝はゆったり寝込んでいた。

「御船手同心を乗せた住吉丸と稲荷丸に合図をせよ、磯次」

「合点だ」

と磯次が火を点した松明《たいまつ》を左右に振った。すると長浦の湾口に仮泊していた二隻の三十二挺立の船が櫂《かい》を揃え、ゆっくりとした船足で幹次郎一行の待つ場所に到着し、打ち合わせ通りに海賊船団の隠れ湊を塞ぐように向き合って停船した。

同時に、御船手同心が三十人ずつ乗る二隻の甲板《かんぱん》に同心十五人ずつが大弓を構えて並んだ。

その大弓にも大矢にもそれぞれ祇園感神社の「蘇民将来子孫也《そみんしようらいのしそんなり》」と書かれた護符《ごふ》が垂れていた。幹次郎の言う神頼みとはこのことだった。

幹次郎が合図するとまず遠助がワンワンと吠えて応え、弓手《ゆんで》が弦を離すと大矢を放った。朝の微光の中に護符をひらひらさせた矢が帆柱や大砲の砲門に向かって飛んでいき、見事命中した。

「磯次、真ん中の海賊船三島丸に小舟をつけよ」

と命じた。

「畏まって候」

と十五歳の見習船頭が三島屋三左衛門の座乗する親船の舷側《げんそく》に鉤《かぎ》付きの麻縄を飛ばして引っかけ、幹次郎、身代わりの左吉、桑平市松、澄乃が飛び乗っていった。

　最初に海賊船の甲板に上がったのは澄乃だ。最後に磯次が両手に抱えた遠助を差し上げ、海賊船に上げた。

　その瞬間、黒い靄が親船に広がり、幹次郎らの視界を閉ざした。

　幹次郎は無銘の業物《わざもの》を抜き放った。その鍔《つば》にも「蘇民将来子孫也」の護符が垂れていて、幹次郎が刀を右蜻蛉に構えて、
　きええっ
　と猿叫すると、幹次郎の体が黒い靄の上に浮き上がり、靄を発する中心に向かって刃が振り下ろされた。

　ぎええっ
　と馴染の黒子女の絶叫が響いて靄が薄れていった。

　甲板に飛び下りた幹次郎が、

「女、もはやそなたの妖術は効かぬ。それがしの背後には京の祇園感神院の神々がついておられる」

　と言い放つと、

「さっさと黄泉《よみ》の国へと旅立て」

と命じた。

幹次郎が黒い靄とともに深々と斬り込み、甦りの術が効かぬように倒れている黒子女の口に異国製のナイフを咥えさせた。

海賊船三隻の甲板に鉄炮や刀を持った三左衛門の配下の海賊どもが飛び出してきた。その者たちに住吉丸と稲荷丸に座乗していた御船手同心の矢が突き立っていった。

「三島屋三左衛門、いずこにおるや」

幹次郎の叫び声に海賊船の船室からゆらりと三左衛門が両手に洋式短筒《たんづつ》を構えて姿を見せた。

「吉原会所の用人棒風情めが、許せぬ」

「そのほうの前に立つそれがしは、吉原会所の裏同心にして、八代目頭取四郎兵衛なるぞ。御免色里の吉原を掻き回して会所に無断にて遊女を売り買いした罪咎、四郎兵衛、見逃すわけにはいかん」

「死ぬのはおまえぞ」

と三左衛門が叫び返した。

「護符がはためく刀の前に短筒など無益よ、試してみるか」

「おう」

と三左衛門が両手の短筒の引き金を引こうとした寸前、大矢が飛来して三左衛門の腕や胸や腹に何本も突き立った。

「嗚呼《ああ》ー、こ、こやつを殺せ」

と悲鳴を上げながら三左衛門の体が甲板に崩れ落ちた。

接近戦に鉄炮を捨てた海賊どもが腰の刀や南蛮刀《なんばんとう》などを振り翳《かざ》して幹次郎に襲いかかった。

その前に桑平市松が立ち塞がり、澄乃の麻縄が飛び込んでくる海賊どもの顔面を次々に襲い、左吉が滅多に使うことのない薄刃を襟から抜いて投げた。さらに遠助が倒れた海賊どもの手足に嚙みついた。

他の二隻の海賊船は、幹次郎らの奇襲策に立ち遅れた上に大弓と大矢に制圧されて抵抗する暇を見いだせなかった。

「海賊ども一味に告ぐ。もはや頼みの親玉、三島屋三左衛門も妖術遣いの女子も身罷って、三途の川へと旅立ったわ」

との幹次郎の雄叫《おたけ》びに海賊の残党が武器を次々に捨てた。

勝負は決した。

三島屋三左衛門の海賊船には大砲がそれぞれ四門から六門、都合十四門が搭載されていた。また今回の海賊商いで得た異国の品々や薬類などを江戸の豪商三軒に売り払った金子が二万三千両余、隠れ湊の蔵には多彩な交易品とこれまでの売り上げと思える二十四万両が秘匿《ひとく》されていた。

「驚いたのう、かような金子、見たことがないわ」

と松平定信の重臣富樫佐之助忠恒が幹次郎に言った。

「富樫様、勘定方に差し出しますかな」

「吉原会所八代目頭取ならば、さような無益な言葉を吐くまいぞ。この海賊退治、公儀の与《あずか》り知らぬこと、公の取り締まりでないことを四郎兵衛ならば重々承知であろう」

と言い切った。

「定信様の重臣のお働きがないと思うておりましたが、最後の〆は富樫様でございましたか」

言い放った桑平の形を見て町奉行所同心と察した富樫だが、平然としたものだ。

言外《げんがい》ながら明らかにこの金は老中首座の「稼ぎ」と言っていた。

清濁併せ呑むことができない松平定信にしては珍しい決断だった。むろん幹次郎もさようなことは察した上での戦いだった。

「異国船が来航しておるというに幕府には大砲を搭載した帆船もないわ。じゃが、一方で海賊風情が大砲を積んだ大船を所有して海賊商いに役立ておる。公儀として許すわけにいくまい。

この三隻の船は、御船手頭向井将監に預け、戦力向上に努めさせる。また、そなたが案ずるこの金子じゃがのう、ご改革を務めておられるわが君、松平定信様のお手元にそれがしが届けるゆえ、お役に立ててもらおう」

と平然とした口調で富樫が述べた。

「海賊船三隻は、この隠れ湊に残し置き、御船手頭の別動隊として使い、押収した金子は、異国船来航に備えて海防策に使われますか」

幹次郎が富樫の言葉を微妙に言い換えて念押しした。

「神守幹次郎、まあ、そういうことよ」

と渋々富樫が応じた。

「ところで海賊どもの始末、どうなさいますな」

「そのことよ。公にしてはならぬこの海賊退治よ。どうだ、御船手同心どもをそなたが使い、始末してくれぬか。あの者たちには文句は言わせぬようそれがしが話しておく」

と御船手同心を見て言い放った。

「富樫様、始末せよとはどういう意でございますな。海賊の頭領も妖術遣いもそれがしが始末をつけましたゆえ、もはやこの世の者ではございません。となれば手下どもの命を奪う要がございましょうか。怪我人は治療《じりょう》させ、また無傷の水夫《か こ》らは、直ぐにも使い道がございましょう。かれらは三島丸など三隻の帆船の外海操船航海と砲術を熟知しております。ならば、御船手頭向井将監様の手下として生かしおくことを考えられては」

しばし沈思した富樫忠恒が幹次郎の顔を正視し、

「殿がな、西国の貧乏大名の下士がなんと御免色里を支配する長、吉原会所の八代目頭取になりおったわ、あのような人物が幕閣におればのう、と慨嘆《がいたん》されておったが、そのほう、なかなかのやり手よのう」

「言うは易《やす》し、行うは難《かた》し。定信様はいささかそれがしのことを大げさに評価しておられます。それがし、いえ、私、四郎兵衛の役目は、官許の色里を守り、利を生み出し、世間に活況を届けることと愚考しております。そのためにこたびの騒ぎにひと役買いましてございます」

「よかろう、海賊の残党始末、そのほうが長となり、あれにおる御船手同心らを使い、活かす道を考えよ」

「有難き幸せ」

と応じた幹次郎が、

「富樫様に最後にひとつお願いがございます」

「そのほうに改まって言われると、背筋が寒くなりおるわ。なんじゃ」

「三島屋三左衛門が取引していた江戸の三軒の大店、黙認するわけにはいきますまい。こちらの後始末、四郎兵衛にお任せ願えませぬか」

「うーむ」

としばし沈思していた富樫が、

「老中首座や幕閣の者が出張る役目ではないな。神守幹次郎、いや、四郎兵衛に任せてもよい。されど」

「事の結末は定信様に、あるいは富樫様に報告致さばようございますな」

「殿とそれがしに後始末の次第告げよ」

「承知致しました」

と幹次郎が請け合った。すると富樫は、御船手同心一ノ組、二ノ組の長を呼び、幹次郎の申し出を告げて、

「そのほうら、しばらく神守幹次郎の支配下で海賊船の外海操船と大砲の砲撃訓練を学べ、向井将監にはそれがしからそなたらの今後の動きを告げておく」

と命じた。

「富樫様、この御仁、吉原会所の八代目頭取と聞き及びましたが、どうしてどうして、えらい武芸の持ち主にございますな。われら、このお方の支配下で働くのが楽しみです」

と一ノ組の頭分が即答した。

富樫忠恒は、押収した大金と交易品を御船手頭の船に積ませて長浦から江戸へ戻っていった。それを見送っていた幹次郎は仲間たちのもとへと戻った。

「事が終わりましたかな」

と身代わりの左吉が問うた。

「終わったようで終わらぬような。あの御仁から新たな命を受けた」

と前置きして委細を告げた。

「呆れました。海賊の残党を御船手頭の要員に加えますか、その助勢を神守幹次

郎様がなされますか」

　と澄乃が呆れた。

「もはやそれがしの出番は終わったな。怪我人を連れて佃島へと戻ろうか」

　と桑平市松が言い、左吉も澄乃も頷いた。

「桑平どの、すまぬがあちらに戻ったら、ふたつばかり御用がござる」

「うむ」

「海賊三島屋三左衛門が取引した江戸の豪商三軒ですが、そなたと左吉どので始末してくれませぬか。むろん裏御用にござる、言うまでもありませぬが、町奉行池田長恵様には知らせず、結果の報告は松平定信様へ、にございます。その折りはそれがしも同席します」

　桑平が長いこと沈思していた。

「桑平どの、三軒の店より徴取した金子の一部、そうですな、五百両を取り分けてくだされ。すべてを老中首座松平様にお渡しする要はございますまい。この金子、京町二丁目の寿楽楼の番頭だった砂五郎と相談し、遊女、奉公人がまっとうに得るべき給金として配分してくださらぬか」

　桑平の顔に笑みが浮かんだ。

「いまひとつとは」

「こちらのほうが厄介かもしれませぬな。村崎同心の身柄をどうするか番方や澄乃に手伝ってもらい始末してくれませぬか。松坂町の五郎蔵だけを白洲に送り込むことはできませんでな」

「えっ、これだけの厄介話を、それがしと番方や澄乃とで事を済ませろと申されますか。神守どの、御船手同心と海賊の残党らにどれほど付き合う心算ですか」

「そうそう吉原を空けられますまい。十日、いや長くて半月と思うてくれませんか」

長い黙考ののち、桑平が頷いた。

「神守の旦那、おれの役目も終わったんだよな」

と磯次が幹次郎の顔を見た。

「かように後始末だけが残った。そなたの出番は終わったな。今後、どうするな」

「おれかい、爺ちゃんの舟でよ、見習船頭を続けるぜ。まあ、吉原から海賊まで不思議な夢を見たってことになるのかね」

とどことなくさばさばした顔つきで磯次が呟いた。

終章

寛政五年（一七九三）七月二十三日。

老中首座と将軍家斉の補佐役を兼任して、絶大な主導力のもと寛政の改革を推進してきた松平定信が解任された。定信三十六歳の働き盛りだった。かくて唐突に六年にわたる改革が頓挫した。

定信の改革によって幕府の財政にはある程度の回復が見られ、改革前に直面していた深刻な危機は回避されていた。されど物価引下げ令や旧里帰農奨励令は未だ改善が見られず、江戸市中は火が消えたような有様だった。

世間では、

「白河の清きに魚もすみかねてもとの濁りの田沼こいしき」

と揶揄《やゆ》した。

吉原会所八代目頭取四郎兵衛は、この知らせを愕然として受け止めた。

神守幹次郎らの密やかな行動によって定信のもとへ巨額な金子が集められ、寛政の改革の邁進《まいしん》があるものと考えていた矢先のことだった。

(われらの働きはなんであったのか)

独り吉原会所の奥座敷で四郎兵衛は沈思し続けた。

「万代にかかる厳しき御代《みよ》ならば長生きをしても楽しみはなし」

とも評される時世に吉原の改革をどうするか。そんな四郎兵衛のもと、定信の重臣、富樫佐之助忠恒からと思える短い書状が届けられた。

「神守幹次郎こと八代目頭取四郎兵衛どの

此度《こたび》の罷免《ひめん》にわれらの御用は無と帰し候事残念なり無念なり。殿は幕府を去りて陸奥白河藩の藩政改善に専念するお気持ちなり」

四郎兵衛は短い文面の奥に隠された定信の心中を思い、書状を行灯の火に翳した。

(吉原がこの私の生きる場か)

文を燃やす炎が消えんとしたとき、清掻の爪弾きが気怠く廓内に流れてきた。

光文社文庫

文庫書下ろし／長編時代小説
独《ひと》り立《だ》ち　吉《よし》原《わら》裏《うら》同《どう》心《しん》(37)
著者　佐《さ》伯《えき》泰《やす》英《ひで》

2022年3月20日　初版1刷発行

発行者　鈴木広和
印刷　萩原印刷
製本　ナショナル製本

発行所　株式会社　光文社
〒112-8011　東京都文京区音羽1-16-6
電話 (03)5395-8149　編集部
8116　書籍販売部
8125　業務部

ISBN978-4-334-79316-6　Printed in Japan

組版　萩原印刷